U0111639

大展好書　好書大展
品嚐好書　冠群可期

大展好書　好書大展
品嘗好書　冠群可期

日語加油站 4

TIAOZHAN XIN RIYU
NENGLI KAOSHI
N1 TINGJIE

挑戰

新日語能力考試

N1 聽解

附 CD

主 編　李宜冰
副主審　楊　紅　張晨曦
主 審　恩田　滿（日）

大展出版社有限公司

前言

　　2010年，國際日語能力測試從題型到評分標準進行了全面改革，其中聽解部分的改動最為明顯，不但增加了題目類型與分量，同時聽解成績占總成績的三分之一，採取單科成績和總成績的雙重衡量標準。

　　無論改革與否，一般考生最為薄弱的環節始終是聽解部分。能力測試改革前，學生中常常流傳這樣一句話：「只要聽力能過，考級就能過。」這充分反映了考生聽解能力存在不足。縱觀歷年考題，可以發現考題存在以下弊端：

　　（1）常以生僻的單詞為考點；（2）內容脫離生活。

　　新日語能力測試聽解部分一個最突出的變化就是對學習者日語實際應用能力的考查，「Can-Do」成為測試的核心要素，除以往的場景對話類題目外，還增加了若干生活對話問答類題目，是對聽說能力和分辨力的全面考核。

　　為了幫助考生全面提高日語聽解能力，備戰考試，深入地瞭解和研究考題，我們特別編寫了這套「挑戰新日語能力考試‧聽解」系列，透過對近兩年來舉行的新日語能力N1、N2、N3考試的題目分析，設置與聽解考試題型完全相同的模擬題目，為考生順利衝刺新日語能力考試打下基礎。

　　本套書按照考試的題目類型劃分章節，每個章節是一種

題型，分別是「課題理解」「要點理解」「概要理解」「即時應答」「綜合理解」——首先，編者總結該題型的出題特點，並分析相應的解題方法和技巧，隨後提供大量題目給考生自我學習和測評。每章題目結束後，N1 和 N2 級別均設有兩段電影對白、兩段新聞錄音和三段年輕人用語，N3 級別設有兩段電影對白，供考生在集中精力練習聽力之後放鬆心情，並在之後的反覆練習中自測聽力水準的提高。

本套書的最大特色是除了提供大量的練習題目外，還給考生指出解題技巧，幫助考生在準備考試之前就了解到題目的類型特點和出題方式，準確找出自己的薄弱點，更加合理規劃自己的複習方式，從而取得好成績。

所有內容的錄音都收錄在隨書附贈的光盤中。爲了能給考生提供準確的語音示範，錄音全部由發音純正的日本外教灌製，與正規考試完全貼合。

本套書既可用於教師指導下的訓練，也適合於考生臨考前的自我適應訓練。在此特別指出：考生在做練習時一定要對自己的實力做出正確評估，不要囫圇吞棗，要針對自己的弱項進行循序漸進的特別練習。爲了本套書的順利完成，安徽科學技術出版社提供了諸多方便；奧村望、齊藤郁惠、河角靜、楠瀨康仁等日本外教爲了取得更好的錄音效果不辭辛苦，反覆錄製；主審恩田滿教授認眞審讀本套書，保證內容的準確性和對話的地道性。在此謹致謝意。

編者　李宜冰

目 次

第一章　課題理解 ……………………………… 9

解答ポイント ……………………………………… 9

　≫　問題1 …………………………………… 10

　シナリオ練習 …………………………………… 17

　　ナルト（1） …………………………………… 17

　　ナルト（2） …………………………………… 19

　ニュース練習 …………………………………… 21

　若者言葉 ………………………………………… 24

第二章　ポイント理解 …………………… 27

解答ポイント ……………………………………… 27

　≫　問題2 …………………………………… 28

　シナリオ練習 …………………………………… 35

　　恋空 …………………………………………… 35

秒速5センチメートル …………………………………… 36

ニュース練習 …………………………………………… 38

若者言葉 ………………………………………………… 40

第三章　概要理解 …………………………………… 42

解答ポイント ………………………………………… 42

>> 問題3 ………………………………………………… 43

シナリオ練習 …………………………………………… 45

全開ガール ……………………………………………… 45

ナルト …………………………………………………… 48

ニュース練習 …………………………………………… 50

若者言葉 ………………………………………………… 53

第四章　即時応答 …………………………………… 55

解答ポイント ………………………………………… 55

>> 問題4 ………………………………………………… 56

シナリオ練習 …………………………………………… 58

名探偵コナン …………………………………………… 58

となりのトトロ ………………………………………… 60

ニュース練習 …………………………………………… 62

若者言葉 ………………………………………………… 66

第五章　総合理解 ………………………………… 69

解答ポイント …………………………………………… 69

》》　問題5 …………………………………………… 70

シナリオ練習 ……………………………………… 81

千と千尋の神隠 ……………………………… 81

空の城ラピュタ ……………………………… 83

ニュース練習 ……………………………………… 85

若者言葉 …………………………………………… 88

スクリプト ………………………………………… 90

第一章　課題理解 ………………………………… 91

第二章　ポイント理解 …………………………… 107

第三章　概要理解 ………………………………… 123

第四章　即時応答 ………………………………… 143

第五章　総合理解 ………………………………… 162

答え ……………………………………………… 189

挑戰新日語能力考試　N1聽解

第一章　課題理解

解答ポイント

★題型特點

1. 對話開始前有相關背景說明。

2. 問題將在對話開始前和結束後各出現一次。

3. 四個選項均被印刷在試卷上。

4. 對話場景多為辦公商業場景。

5. 對話內容較多，干擾項目多。

★解題方法

(1) 拿到試卷以後，把握時間瀏覽每一道題的選項，推測可能的對話內容。

(2) 注意對話開始前的提示句子，不可掉以輕心。

(3) 聽好對話開始前的問題，找出關鍵詞。

(4) 答案多在對話的中後部出現，所以要一直集中精神。

(5) 保持輕鬆良好的心態，遇到不懂的單詞不要驚慌。

為了正確解答問題，在這裏首先要求考生注意對話開始前的背景說明。背景說明會告訴考生對話發生的地點、主題，以及對話者之間的關係。這些信息可以幫助考生更好地理解對話，做好答題的心理準備。

此外，該題型還要求考生聽好對話開始前的問題，找出關鍵詞。課題理解問題雖然都是主人公接下來應該做的事情，但是時間卻有所不同。每一道題都有時間限制，如果忽略提問中的這一關鍵詞，就很難選出正確答案。

除了上述兩點，考生在考試中還應該保持良好的心態，遇到不懂的單詞不要驚慌，透過前後文積極聯想，推測其意思，千萬不可因為某一個單詞而放棄整個題目。

≫ 問題1

問題1　まず質問を聞いてください。それから話を聞いて、問題用紙の1から4の中から、最もよいものを一つ選んでください。

1番　101

1. 男の人は話をちゃんと聞いていないからです。
2. 男の人は何も手伝わないからです。
3. 男の人は空ばかり見るからです。
4. 男の人は約束を破るからです。

2番 102

1. けちだ。
2. ファッションのセンスがない。
3. 自分の好みを理解していない。
4. 流行に敏感ではない。

3番 103

1. 老人が自分の求めた介護を受けるべきだ。
2. 家族はもっと介護サービスを利用すべきだ。
3. 老後の生き方に焦点を当てる支援を考えるべきだ。
4. 家族がそれぞれの希望を出さないようにするべきだ。

4番 104

1. 感心しています。
2. 驚いています。
3. がっかりしています。
4. 子供を取り替えたいと思っています。

5番 105

1. 日程を早めにして実行する。
2. 伝統行事だから、いつも通りに行う。
3. 部長がやめるから、華やかなことは中止する。
4. 花見の変わりに送別会をする。

6番 106

1. 相手に強い選手がいるから勝てるはずがない。
2. 強気でやれば勝てる。
3. 団結しても勝てないだろう。
4. 力を合わせれば勝てるかもしれない。

7番 107

1. 商品化したほうがいい。
2. 逆転の発想をしたほうがいい。
3. 実現しそうもない。
4. エアバッグよりはいい。

8番 108

1. お祝いとして、5万円渡すことにしました。

2. お祝いとして、5千円渡すことにしました。

3. お祝いとして、2万円渡すことにしました。

4. お祝いとして、1万円渡すことにしました。

9番 109

1. 2番窓口で登録した後、3番窓口で申し込みます。

2. 3番窓口で申し込んだ後、2番窓口で登録します。

3. 3番窓口で登録した後、2番窓口で申し込みます。

4. 2番窓口で申し込んだ後、3番窓口で登録します。

10番 110

1. 夫婦で旅行に行きます。

2. 家族で旅行に行きます。

3. 夫婦で妻の実家に帰ります。

4. 家族で妻の実家に帰ります。

11番 111

1. 熱が出たら、痛み止めを飲みます。

2. 痛みが出たら、すぐ医者に見せに行きます。

3. 熱が出たら、熱を下げる薬を飲みます。

4. ひどい痛みが出たり熱が出たりしたら、歯医者に行き

ます。

12番 112

1. 南フランスへ行きます。
2. 国内で豪華な旅行をします。
3. 費用があまりかからない国へ旅行します。
4. 娘が受験のため、旅行しません。

13番 113

1. 今の仕事があるからできない。
2. 責任が重過ぎてできない。
3. 条件がよければやってもよい。
4. 条件がよくてもやらない。

14番 114

1. 家にいます。
2. 蕎麦を食べに行きます。
3. 最近できたレストランに行きます。
4. デパートに行きます。

15番 〔115〕

1. 会議が多すぎると思っています。
2. もっと早い時間にしてほしいと思っています。
3. 時間がつぶせるから、いいと思っています。
4. 会議をしないで、部長が1人で決めればいいと思っています。

16番 〔116〕

1. おじいさんの孫が王さんに会いたがっているからです。
2. 孫の踊りを見てほしいからです。
3. 王さんにお祭りで踊ってほしいからです。
4. 日本のお祭りを勉強してほしいから。

17番 〔117〕

1. 苦情を言わなければならないからです。
2. みんなに音楽がうるさいと言われたからです。
3. 毎晩うるさくて勉強ができないからです。
4. 男の人が文句を言っているからです。

18番 118

1. 結婚の準備のためです。
2. 資格を取るためです。
3. 視野を広げるためです。
4. スキルを身につけるためです。

19番 119

1. 怪我をしたことです。
2. 練習不足です。
3. フォームの改良に失敗したことです。
4. コーチとの関係がよくないことです。

20番 120

1. 映像も音もきれいだからです。
2. 飲んだり食べたりしながら見られるからです。
3. 昔の映画が見られるからです。
4. 見たいところを何度でも見られるからです。

シナリオ練習

ナルト(1)　121

白：よく勘違いをしている人がいます。倒すべき敵を倒
　　さずに情けをかけ、命だけは見逃そうなどと。そん
　　なもの、僕にとっては慈悲でもなんでもない。知っ
　　ていますか、夢もなく、誰からも必要とされず、た
　　だ生きることも、苦しみを。

鳴人：何が言いたいんだ！

白：ザブザさんにとって、弱い忍びは必要ない。君は僕
　　の存在理由を奪ってしまった。

鳴人：なんで、なんであんな奴のために！悪人から金もら
　　って、悪いことをしている奴じゃねえか！お前の大
　　切な人って、あんな眉なし一人だけなのかよ！

白：ずっと昔には、大切な人がいました。僕の両親で
　　す。僕は、水の国の雪の深い小さな村に生まれまし

た。ほそぼそと農業を営むだけの、貧しい生活でしたが、父と母は、それでも満足なようでした。幸せだった、本当に優しい両親だった。でも、僕が物心付いた頃、ある出来事が起きた。

鳴人：出来事？一体何？

白：ん…この血。

鳴人：血？だから、だから何が起きたってばよ！

白：父が母を殺し、そして僕を殺そうとしたんです。

鳴人：えー？

ナルト(2)　122

カカシ：まず、ナルトと佐助の匂いを追って八方に散って
　　　　ちょうだい。

犬：ナルトと佐助だと？いったい奴等に何があった。

カカシ：説明は後、今急を用するんだ。匂いがはっきり
　　　　確認できたら呼んでくれ、すぐ駆けつける。よ
　　　　し、散！まあ、あいつ等の戦いを目の前で見ち
　　　　まった以上。心配するなというほうが無理か。

佐助：うあああ！

ナルト：うあああ！

桜：止めてよ！

佐助：くそ！

ナルト：止め切れねえ。

カカシ：佐助、復讐なんて止めとけ！

佐助：何！

カカシ：例え復讐に成功したとしても。残るのは虚しさだ
　　　　けだ。

佐助：黙れ！あんたに何が分かる。知った風なことを俺

の前で言ってんじゃねえよ！

カカシ：まああ、落ち着け。まあ、俺もお前もラッキーの方じゃない。それは確かだ。でも、最悪でもない。俺にもお前にも、もう大切な仲間が見つかっただろう。失ってるからこそ分かる。千鳥はお前に大切なものができたからこそ与えた力だ。その力は仲間に向けるものでも、復讐に使うものでもない。何のために使う力か、お前なら分かってるはずだ。

ナルト：絶対勝つ！

佐助：いい気になってんじゃねえ！

カカシ：俺が甘かった。あれじゃ本当に殺し合いかねない。

桜：カカシ先生。

──○　結婚式２度ドタキャン 詐欺で逮捕　○──

　京都市の44歳の男が、妻がいるのを隠して婚約した女性から現金をだまし取ったとして警察に逮捕されました。男は、2度にわたって女性との結婚式を延期させたり、中止させたりしていたということです。

　逮捕されたのは、京都市中京区の自称アルバイト、西野正人容疑者です。警察によりますと、西野容疑者は、妻がいるのを隠して28歳の女性と婚約し、「財布をなくしたので金を貸して欲しい」とうそを言って現金8万円をだましとった詐欺の疑いが持たれています。警察の調べによりますと、男はおととし開く予定だった結婚式を1週間前にうそを言って式を延期し、7か月後に開いた式の当日には、「きょうは行けない」と携帯電話のメールで連絡して欠席し、その後、連絡がつかなくなったということです。女性が不審に感じ男の実家を訪ねたところ、死亡したと聞かさ

れていた母親がいたうえ結婚していたことも分かり、警察に被害届を出したということで、突然中止になった結婚式の費用385万円も女性が支払ったということです。男は容疑を認めているということで、警察は、ほかにも170万円をこの女性からだまし取った疑いがあるとみて調べています。

　津波で店舗が流された岩手県陸前高田市の銀行の臨時出張所にATM現金自動預け払い機を搭載したトラックの「移動銀行」がお目見えし、今日から営業を始めました。この「移動銀行」は、盛岡市に本店がある東北銀行が今回の震災を受けて作ったもので、津波で壊滅的な被害を受けた陸前高田市の臨時の出張所の隣で営業を始めました。3トントラックの荷台の箱を改造してATMを搭載し、現金の引き出しや預け入れができるほか、カウンターが設けられていて、職員が窓口業務を行うこともできます。これまで臨時の出張所は相談業務が中心で、現金を引き出す場合、翌日の取り扱いになっていたということです。今日は午前10時の営業開始と同時に、早速、客が訪れ、ATMを利用していました。

　「便利じゃないですか、はい、近くて出し入れできるというのは。」（女性のお客様）

　「可能なかぎり、陸前高田市のみなさんのために、金融サービスを提供できればありがたいし、うれしい、ぜひ可愛がって、活用して、利用していただければたいへんありがたいな。」（銀行の人）

125　　解説

訪問者：おごめーん、おる
　　　　かえー？

家族の人：チャー、誰かと
　　　　思やー；ハヨ上がっちょ
　　　　くれ。
　　　　ザマがねえけんどなー
　　　　え、どうドー。

訪問者：これ、ホンつまら
　　　　んもんじゃけんど。どう
　　　　ド。

家族の人：チャーマー、い
　　　　いにい、そげなこつうし
　　　　なんなキノドキーわあ。

訪問者：ごめんくださーい、
　　　　いらっしゃる？

家族の人：あら；だれかと思
　　　　えば、早く上がってくださ
　　　　いな；散らかってますけど
　　　　な、どうぞ。

訪問者：これ、たいしたもの
　　　　じゃないけど、どうぞ。

家族の人：あらまあ、いいの
　　　　に、そんなことしないでく
　　　　ださい、わるいわあ。

解説

男1：ちょっと、あんさん どこまで行きはりまんの？

男1：ちょっとあなたどこにいくの？

男2：わてだっか？わいはな、そこでな、お好み焼きくてこうおもてまんねん！

男2：わたしですか？私は 近くのお好み焼きを食べに行くところです。

男1：お好みでっか？

男1：お好み焼きですか？

男2：ヘェ。

男2：はい。

男1：わてもいっしょにいったらあきまへんか？

男1：私もいっしょに行ってもいいですか？

男2：ほなあんさんもいっしょにいきなはるか？

男2：よかったらあんたも一緒に食べに行きませんか？

男1：よろしおまっか？

男1：よろしいですか？

男2：かましまへんがな。

男2：いいですよ。

127 　解説

男1：なんでもすきなんたの
　　　んだってやぁ～

男1：どれでも好きなメニュ
　　　ーをオーダーしてくだ
　　　さい。

男2：ぎょうさんあるなぁ～

男2：メニューが沢山ある
　　　ね。

男1：いろいろあるやろ～
　　　なにくてもうまいで
　　　ぇ～

男1：いろいろあるよ 何を食
　　　べてもおいしいよ。

男2：ほんでなにすんの？

男2：ところで何をオーダー
　　　する？

男1：そやな ミックスモダ
　　　ンにするわ。

男1：そうですね ミックスモ
　　　ダンにします。

男2：ほんならぼくはぶた
　　　モダンでいくわ。

男2：それなら僕は豚モダン
　　　にする。

第二章 ポイント理解

解答ポイント

★題型特點

1. 對話開始前有相關事項提示。
2. 有相關場景和問題說明。
3. 問題將在對話開始前和結束後各出現一次。
4. 四個選項均被印刷在試卷上。
5. 對話場景多樣化。

★解題方法

　　要點理解類的題目，要比課題理解類題目稍長，難度大，因此考試時增加了讀取選擇項的時間。這類題目多由傳統的原因類題目、「最」字類題目構成。但因為選項被印出，所以考生相對輕鬆了不少。對於「最」字類的題目，必殺技為抓住表示「最」的關鍵副詞或排除並列選項。而做原因題，則要注意轉折後面的內容和問句回答中的解釋內容，透過排除法選定正確的一項。

問題2　まず質問を聞いてください。そのあと、問題
用紙の選択肢を読んでください。読む時間があります。
それから話を聞いて、問題用紙の1から4の中から、最も
よいものを一つ選んでください。

1番 ⓪201

1. 部長の字がきたないからです。
2. コピーの字がきれいに出ていないからです。
3. 男の人の目が悪いからです。
4. 男の人は漢字が苦手だからです。

2番 ⓪202

1. 電車の中で喧嘩があったからです。
2. 信号機トラブルがあったからです。
3. 人が線路に飛び込んだからです。
4. 大雨がふったからです。

3番 203

1. 女のせいで、部長に叱られたから。
2. 大変な仕事を任されたから。
3. 自分の仕事を部長が認めてくれないから。
4. 部長に褒められたから。

4番 204

1. ゴミの上に網をかけて隠す。
2. 大きな音でカラスを脅かす。
3. ゴミ収集車が来たときにゴミを持っていく。
4. ふたつきのゴミ箱に入れて出す。

5番 205

1. 化粧品をあげます。
2. 本をあげます。
3. 花をあげます。
4. アクセサリーをあげます。

6番 206

1. 金曜日の6時です。
2. 金曜日の8時です。
3. 土曜日の5時です。
4. 土曜日の8時です。

7番 207

1. 山田選手の調子が良かったからです。
2. 他の選手の動きが良かったからです。
3. 皆の応援があったからです。
4. 相手のチームが弱かったからです。

8番 208

1. 歯医者に行くからです。
2. アルバイトがあるからです。
3. レポートを書きたいからです。
4. 風邪を引いたからです。

9番 209

1. 今夜です。
2. 明日の午後です。
3. 明日の夜です。
4. 日曜日です。

10番 210

1. ほかの部屋がふさがっているからです。
2. 取引先との会議なので静かな部屋がいいからです。
3. 山田課長がするのは社内会議だからです。
4. 第一会議室はせまいからです。

11番 211

1. 後悔するな。
2. 信用するな。
3. 嫉妬するな。
4. 油断するな。

12番 ②212

1. 男の人が遅刻したからです。
2. 外で友達を待っていたからです。
3. 指定席券を買わなかったからです。
4. 古い劇場だからです。

13番 ②213

1. 人の名前を覚えないからです。
2. 会社の仕事をうちでするところです。
3. 仕事に集中しすぎるところです。
4. 自分の仕事を人にやらせようとするところです。

14番 ②214

1. おじいさんが犯人を捕まえたこと。
2. 自分が事件の現場にいたこと。
3. 犯人が大胆なこと。
4. おじいさんがサルを投げ飛ばしたこと。

15番 215

1. 相手に決してボールは触らせない。
2. 点を取ることは、きわめて困難だ。
3. ボールに触ることさえ絶対にできない。
4. ボールに触ることができれば勝てる。

16番 216

1. 月曜日。
2. 火曜日。
3. 水曜日。
4. 木曜日。

17番 217

1. 事故のため2時間遅れます。
2. 点検のため2時間遅れます。
3. 雪のため2時間遅れます。
4. 予定通りに着きます。

18番 218

1. 日本も海外も3月です。
2. 日本も海外も9月です。
3. 日本は3月で海外は9月です。
4. 日本は9月で海外は3月です。

19番 219

1. 8月6日。
2. 8月9日。
3. 8月10日。
4. 8月16日。

20番 220

1. 学校で飲みます。
2. 朝、家で飲みます。
3. お昼に飲みます。
4. 朝、家で飲んで、お昼にまた飲みます。

シナリオ練習

恋　空

美嘉：おいしい？

弘：うん、すっげえうまい。うん。

美嘉：弘、美嘉と結婚して。美嘉だけが弘の特別なんだって、一緒に生きてるんだって、証拠を頂戴？

弘：やるよ。おまえのほしがるもんだったら，何だってやるよ。
田原美嘉、あなたは桜井弘樹を夫として生涯愛することを誓いますか。

美嘉：誓います。

弘：きれいだぞ、美嘉。三人で祝いたがったな。俺と、美嘉と、俺らの子供三人で、それが今の俺の夢。たったそれだけのことなんだ。

友達：雨でも降らねえかなぁ。

友達：でも屋内でもきついぜ。

貴樹：なぁ、栃木って、行ったことあるか？

友達：はっ？どこ？

貴樹：栃木。

友達：ない。

貴樹：どうやって行くのかな。

友達：さぁ。新幹線とか？

貴樹：遠いよな。

部長：一年。

みんな：はい！

部長：ラスト半周！

明里：今度は貴樹くんの転校が決まったということ、驚きました。お互いに昔から転校には慣れているわけですが、それにしても鹿児島だなんて…今度はちょっと遠いよね。いざという時に、電車に乗って会いに行けるような距離ではなくなってしまう

のは、やっぱり少すこし…ちょっと寂しいです。
どうかどうか、貴樹君が元気でいますように。

明里：前略。貴樹君へ。3月4日の約束、とてもうれしいです。会うのはもう一いち年ぶりですね。なんだか緊張してしまいます。うちの近くに大きな桜の木があって、春にはそこでも多分、花びらが秒速5センチで地上に降っています。貴樹くんと一緒に春もやって来てくれればいいのに、って思います。

──○ 和歌山県の川氾濫 ○── 223

　和歌山県串本町です。こちらは依然として風速25メートル以上の暴風域の中にあり、突風にあおられた雨が横殴りに降り続いていて、非常に視界が悪い状態です。和歌山県内の被害状況ですが、田辺市本宮で昨夜、熊野川が氾濫し、国道168号が500メートルにわたって冠水、通行止めになっていて、9軒が床上浸水しています。県内では現在、熊野川以外にも5つの川が氾濫危険水位に達していて、県では警戒を呼びかけています。また、新宮市熊野川町では午前10時前に、水道管の工事をしていた62歳の男性が誤って川に流されて行方不明となっています。

　和歌山県南部では、降り始めからの雨量が多いところで1230ミリに達しています。土砂崩れなどの災害にさらなる警戒が必要です。

　去年３月の巨大地震のあと震源域の周辺など全国で起きた体に感じる地震の回数は、１万回を超え、震源から離れた内陸でも地震活動が活発なことから、気象庁は、今後も強い揺れを伴う地震に注意するよう呼びかけています。気象庁によりますと、去年３月の巨大地震から昨日までに全国で起きた震度１以上の地震の回数は１万119回に達し、おととし１年間に起きた地震の8倍近くに上っています。このうち、およそ70％に当たる7224回は、東北や関東の沿岸などで起きた巨大地震の余震ですが、さらに離れた東北や関東甲信の内陸でも活発な地震活動が続いています。気象庁は、巨大地震のあと、日本列島の広い範囲で東へ引っ張られる地殻変動が起きているため、地震が誘発されているとみています。国土地理院の分析によりますと、東向きの地殻変動は東北から中部までの広い範囲で続いていて、岩手県山田町の観測点では、巨大地震のあとから先月までに、およそ76センチ東へ動いたということです。気象庁の齋藤誠地震情報企画官は「地殻変動が続いている地域では、地震活動が活発なところがあり、引き続き強い揺れを伴う地震に注意してほしい」と話しています。

例 1

解説

男1：ここはみせのひと
　　　がやいてくれるねん
　　　そやからなんもせん
　　　でええでぇ～

男2：こらええなぁ～スタ
　　　ッフが焼き始める。

男1：ええにおいするやろ
　　　ぅ～かつおがおどっ
　　　とるやろぅ～

男2：ええにおいやがなぁ
　　　ぁ～ええにおいやが
　　　なぁ～まだやけへん
　　　のんかぁ～?

男1：もうちょっとまった
　　　ってぇ

男1：いいにおいがするね か
　　　つおが踊ってるね。

男1：ここは店の人が焼いて
　　　くれるから何もしなく
　　　てもいいよ。

男2：それはいいね。

男2：いいにおいいいにおい。
　　　まだ焼き上がりません
　　　か?

男1：もう少し待ってね。

例 2

男1：あーうまかったあ〜

男2：なぁゆうたやろぅ〜

男1：もういちまいやいて
　　もろてもちかえりす
　　るわ。

男2：ほなぁ 僕ももちかえ
　　りするわ。

男1：すんまへん もちかえ
　　りできますぅー？ミ
　　ックスモダン一枚豚
　　モダン一枚おねがい
　　しますぅ〜

解説

男1：あーおいしかった。

男2：おいしいと言ったでしょ。

男1：もう一枚焼いてお持ち
　　帰りします。

男2：それなら僕も持ち帰り
　　をします。

男1：すみませんお持ち帰り
　　のオーダーよろしい？
　　ミックスモダン一枚豚
　　モダン一枚お願いしま
　　す。

第三章　概要理解

⌒解答ポイント

★題型特點

1. 對話開始前有相關事項提示。
2. 有相關場景和問題說明。
3. 問題在對話結束後只出現一次。
4. 四個選項均被印刷在試卷上。
5. 對話場景多為衣、食、住、行等各方面。

★解題方法

　　概要理解類題目事先沒有提問，要求大致理解整篇原文，進而判斷講話人的意圖、主張或講話的核心。這類題目對應試者聽力水準要求較高，問題只在錄音最後提出，考生必須聽懂大意，才能回答出最後的問題，而且試卷上也沒有

選項，故難度較大。這類題目以敘述為主，常常先提出一些觀點，加以否定，再提出自己的看法，於是轉折的接續詞成為一個重要的標誌，往往表示轉折的話語後面是整個題目的關鍵句，所以做該類題目時一定要有技巧、有重點地去聽，抓住關鍵句。

>> 問題3

問題3　問題用紙に何も印刷されていません。この問題は、全体としてどんな内容かを聞く問題です。話の前に質問はありません。まず話を聞いてください。それから、質問と選択肢を聞いて、1から4の中から、最もよいものを一つ選んでください。

1番　301

2番　302

3番　303

4番　304

5番　305

6番　306

7番　307

8番　308

9番　309

10番　310

11番 311　　17番 317

12番 312　　18番 318

13番 313　　19番 319

14番 314　　20番 320

15番 315　　21番 321

16番 316

シナリオ練習

全開ガール 322

鮎川若葉：1987年、ゆとり世代、一期生として生まれた私
たちはおゆとり様と呼ばれ生ぬるい人生を送っ
てきました。
学習内容は3割減。宿題代わりにゲーム三昧。
どこへ行くにも携帯ゲームをお供に家族仲良く
ファミレス、アウトドア、TDL、パスポートか
ざして海外旅行。Hanako世代の母親の下キッ
ズブランドでおしゃれを満喫。祖父母の愛も一
身にトイザらスでたらふくお買い物、記念日は
スタジオアリスでプリンセス写真。競争とは
無縁。駆けっこでは一いっ等賞を決めず。学芸
会では全員がシンデレラ。円周率は3で計算。

先生：3。

鮎川若葉：台形の計算式も知らず。でも金融危機で経済は

どん底。新就職氷河期を迎え、内定率は57.6%、二人にひとりが就職できず祈られ族と呼ばれ。そんな中私は、私だけは。3.1415926535一日たり怠らず努力を惜しまず、どんな誘惑でもはねのけ、恋も封印。頑張ってきました。

3.141592653589793

先生：3。

鮎川若葉：3.141592…

だから私は勝ち組として当然の権利を手にしたのです。お金と地位を手にする権利を。私はこの世界中に3000人の弁護士擁する国際ローファームスミス＆クラークの一いち員となれたことを誇りに思。そしてここにいる新人弁護士100名の代表に選ばれたことを…

聴衆：東大法学部を首席で卒業、司法試験も一発合格、弱冠24歳。3年後には、年収2000万か。企業リーガルなら年収1億だっていけるだろ。

鮎川若葉：年収100億の国際弁護士。Forbesの長者番付けに載る弁護士に倣い、企業買収に特許訴訟で巨額の報酬。フライベートジェットで世界を股に

掛け。Man In A Million。最高の男を生涯のパートナーに。住まいはもちろん。ニューヨークを一望する高級ペントハウス。付いた呼び名はマンハッタンのタカ。

そう！こんなご時世だからこそ夢は大きく志を高く持たずしてどうするのでしょう。

白：絶え間ない内戦を経験した水の国では、血継限界を持つ人間は忌いみ嫌われてきました。

鳴人：血継…限界？

白：親から子へ、あるいは、祖父母から孫へ、ある一族の間に伝わる、特殊な能力や術のことです。彼らの持つ特異な能力のため、その一いち族は、さまざまな争いに利用されたあげく、国に災厄と戦火をもたらす存在として、恐れられたのです。戦後、その一いち族たちは、自分たちの力ちからを隠して暮らしました。その秘密が知られれば、必かならず、死が待っていたからです。おそらく、あの少年ねんも辛い思いをしてきたはずです。特異な能力者とは、それほど恐れられるのです。僕の母は、血継限界をもつ人間でした。それを隠して、父と一緒になり、しばらくは、いいえ、永遠に平凡な生活が続くと思っていたに違いありません。

白：あのねえ、母さん、見て。ねえ、ねえ、すごいで
しょう。

母さん：なんで、何であんたまで、どうして、どうしてこ
の子にまで、そんな…！あ…ごめん、ごめん、ご
めん。

白：しかし、母と僕の秘密は、父に知られてしまった。

──○　ありがとうの復興弁当　○── 324

震災で被害を受けた宮城県の農家や漁業者などが作った弁当が、仙台空港で限定販売され、旅行客や地元の人たちが買い求めました。こちらが販売された『ありがとうの復興弁当』弁当です。仙台空港周辺の農家や漁業者の団体などでつくる協議会が、全国から寄せられた支援への感謝の気持ちを込めて作りました。今日は、仙台空港のロビーで100個が限定販売され、午前11時の販売開始とともに、旅行客や地元の人たちが次々に買い求めました。弁当には、地元特産の「小玉貝」を使ったちらし寿司や地元産の野菜の煮物などが盛りつけられていて、用意された弁当は10分ほどで完売しました。「岩沼の地元のものや名取の貝なんか入っているから、孫に食べさせたくて。」

「うまいです。」

「ちょっと復興にご協力と思って。」

「弁当作りという企画ができる時期になって大変喜ばし
いな。」
　協議会では来月1日と8日にも限定販売を予定していま
す。

　アメリカの先月8月の雇用統計によりますと、景気を敏感に映し出すことで注目される「農業以外の分野で働く人の数」は、前の月と変わらず、市場予想を大幅に下回りました。

　アメリカ労働省が2日に発表した最新の雇用統計によりますと、「農業以外の分野で働く人の数」は、前の月と変わらず、7万人程度の増加を見込んでいた市場予想を大幅に下回って、去年10月以来続いてきた雇用の増加が止まる形となりました。具体的には、鉱業が前の月にくらべて6000人の増加となる一方、製造業で前の月より3000人減ったほか、大手通信会社で行われた大規模なストの影響で、情報サービス産業が4万8千人の減少となりました。さらに7月についても、先月時点の発表では11万7000人の増加としていましたが、8万5000人の増加へと下方修正しました。一方、失業率も9.1％と前の月と変わらず横ばいとなり、依然として高い水準にとどまっています。オバマ大統領は、今月8日に雇用創出のための一連の景気対策を発表する予定ですが、今回の統計で雇用状況の低迷がより鮮明になり、アメリカ経済の先行きへの懸念が一層強まりそうです。

若者言葉

例 1

港区の私立女子高の校門前。女子高生の会話。

A子：オハ。昨日ネズベンしちゃったよ～

B子：私もネズベン。金曜6限、いっつも飛んでたから、赤点だと気まずくてさ～

A子：私も出席日数、ギリセンなんだァ

B子：もう、ダブるくらいの勢いでしょ。ね、ダブっても、タメ語でいいよね

解説

飛んでた：悪いことをしたときにすぐさま飛んできて注意をする教師を指して使われている。

ネズベン：徹夜で勉強する。

ギリセン：ギリギリになっている。

ダブル：重なること；留年する。

タメ語：対等な言葉使いのこと。

例 2

渋谷区の女子大構内にて。女子大生の会話。

A子：今日の飲み会、友だちのC子、呼んでるんだ。

B子：ああ、ファッキンで会ったエゴガールでしょ？

A子：オナチューなんだ。キンパやめて、脱ギャルしたっていうからさ。今日はジモ着で来るって。

B子：ジモ着？だったら絶対シャカパンで来るよ、あのタイプは…

解説

ファッキン：ファースト?キッチン。

エゴガール：ヤンキの女の子。

オナチュー：同じ中学校、同じ出身の意味

キンパ：金髪。

ジモ着：「地元（じもと）」と、上着・下着・家着に見られる「着」を合わせた言葉で、地元で着る服を意味する。例えば、家の近所にあるコンビニエンスストアへ、ちょっと買い物に行く際や郵便を出しに行く場合、また、犬の散歩などで着る服をいう。

シャカパン：シャカパンとは、ナイロン製パンツの俗称。トレーニングウエアなどを指す。歩く時にシャカシャカと音が鳴ることが語源。シャカシャカパンツ。1990年代後半、ストリートファッションのアイテムとして若者の間で使われるようになった。

第四章　即時應答

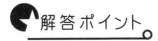

解答ポイント

★題型特點

1. 簡短的日常生活場景和問題說明。
2. 三個選項均未被印刷在試卷上。
3. 話題多為日常生活對話、寒暄語等。

★解題方法

　　即時應答問題難度不高，若能仔細辨識的話，基本上都能答對。不過，由於考查的是聽力，句子短小且口語化，考生有時還沒反應過來，就結束了。從這一點上看，新能力考試的一個難點就是要求考生要有一定生活口語的應變能力，學會用日語思維思考，不僅要學會語言，更要了解一國的文化和說話方式。建議考生重在積累和練習。

問題4　問題用紙に何も印刷されていません。まず文を聞いてください。それから、それに対する返事を聞いて、1から3の中から、最もよいものを一つ選んでください。

1番	401	9番	409
2番	402	10番	410
3番	403	11番	411
4番	404	12番	412
5番	405	13番	413
6番	406	14番	414
7番	407	15番	415
8番	408	16番	416

17番	417	29番	429
18番	418	30番	430
19番	419	31番	431
20番	420	32番	432
21番	421	33番	433
22番	422	34番	434
23番	423	35番	435
24番	424	36番	436
25番	425	37番	437
26番	426	38番	438
27番	427	39番	439
28番	428	40番	440

シナリオ練習

名探偵コナン　441

蘭：誰<ruby>誰<rt>だれ</rt></ruby>かにお<ruby>金<rt>かね</rt></ruby>もらって、この<ruby>駅<rt>えき</rt></ruby>の<ruby>前<rt>まえ</rt></ruby>で1<ruby>日<rt>にち</rt></ruby><ruby>中<rt>じゅう</rt></ruby><ruby>同<rt>おな</rt></ruby>じ<ruby>格<rt>か</rt></ruby><ruby>好<rt>っこ</rt></ruby>でうろついてろって<ruby>頼<rt>たの</rt></ruby>まれたみたい。<ruby>空<rt>あら</rt></ruby>っぽの ケースも、<ruby>今<rt>いま</rt></ruby><ruby>着<rt>き</rt></ruby>ている<ruby>服<rt>ふく</rt></ruby>も、その<ruby>人<rt>ひと</rt></ruby>から<ruby>一緒<rt>いっしょ</rt></ruby> に<ruby>渡<rt>わた</rt></ruby>されたって。

新一：<ruby>服<rt>ふく</rt></ruby>も？あ！「<ruby>僕<rt>ぼく</rt></ruby>が<ruby>女性<rt>じょせい</rt></ruby>を<ruby>観察<rt>かんさつ</rt></ruby>する<ruby>時<rt>とき</rt></ruby>、まず<ruby>袖口<rt>そでぐち</rt></ruby>に <ruby>注意<rt>ちゅうい</rt></ruby>する。<ruby>男<rt>おとこ</rt></ruby>の<ruby>場合<rt>ばあい</rt></ruby>は、ズボンのヒザを<ruby>見<rt>み</rt></ruby>るのが いいだろう」、ズボンのヒザだ！その<ruby>男<rt>おとこ</rt></ruby>のヒザを <ruby>見<rt>み</rt></ruby>てるよ。

蘭：え、ヒザ？でも、<ruby>何<rt>なん</rt></ruby>も<ruby>書<rt>か</rt></ruby>いてないよ！

新一：んじゃ、<ruby>捲<rt>めく</rt></ruby>ってみろ！

博士：え!?

男の人：What...What doing？Hey，Hey，What are you doing !?

蘭：あ、あったよ！ズボンの<ruby>裏側<rt>うらがわ</rt></ruby>のヒザの<ruby>部分<rt>ぶぶん</rt></ruby>に！「U」 って<ruby>文字<rt>もじ</rt></ruby>が!!

小五郎：これで集まったのは、T、N、A、A、S、Uか…

蘭：残る暗号文は「全てを終わらせろ、白い背中を2本の剣で貫いて」っていう最後の文章だけだけど…

コナン：引っ掛かるのは「白背中」と「2本の剣」、そんな形や名前の建物や場所はどこにも…あ！

新一：そうか、これだ！陶器メーカーのマークだよ！「白い背中を2本の剣で貫いて」っていうのは、白いので有名なこの食器の裏についている2本の剣のマークだったんだよ！

蘭：じゃあ、次はロンドンにあるそのメーカーの店に行けってこと？

アポロ：その店なら、よく母さんと行ったよ。母さん、そのメーカーの食器が大好きで、その店、ロンドンに一軒しかないから。

となりのトトロ　442

サツキ：行くよ。

メイ：うん お風呂

サツキ：うん いないね。

お父さん：そこはお風呂だよ。

サツキ：お父さん…ここに何かいるよ。

お父さん：リスかい？

サツキ：わからない、ごきぶりでもない、ねずみでもない、黒いのがいっぱいいたの。どう？

お父さん：こりゃ…まっくろくろすけだな。

サツキ：まっくろくろすけ?絵本に出てた？

お父さん：そうさ、こんないいお天気におばけなんか出るわけないよ。明るい所から急に暗い所に入ると、目がくらんでまっくろくろすけが出るのさ。

サツキ：そうか。まっくろくろすけ、出ておいで!出ないと、目玉をほじくるぞ!

お父さん：さあ、仕事、仕事、二階の階段はいったいどこにあるでしょうか、階段を見つけて二階の窓を

あけましょう。

サツキ：はい。

　メイ：あ…メイも。

──○ 台風上陸 ○── 443

　気象庁の発表によりますと、大型の台風12号は、午後11時には高知県室戸岬の南80キロの海上を1時間に20キロの速さで北北西へ進んでいるものとみられます。

　中心の気圧は970ヘクトパスカル、最大風速は30メートル、最大瞬間風速は40メートルで、中心から東側220キロと西側170キロの範囲では風速25メートル以上の暴風が吹いています。台風は四国のほぼ全域と和歌山県などを暴風域に巻き込みながら北上しています。

　台風はこのあとも勢力を保ったまま北上する見込みで、明日の未明から朝にかけて四国や近畿の沿岸に接近し、上陸する恐れがあります。

　徳島県美波町で午後9時前に33.7メートルの最大瞬間風速を観測しました。台風を取り巻く雨雲や湿った空気が流れ込んでいるため各地で雨雲が発達し、局地的に激しい雨

が降っています。

　一方、北海道でも前線の活動が活発になって広い範囲で強い雨が降っています。午後10時までの1時間には、徳島県の上勝町福原旭で63.5ミリ、高知県の馬路村梁瀬で55.5ミリの非常に激しい雨を観測したほか、奈良県の十津川村風屋で44.5ミリの激しい雨が降りました。先月30日の降り始めからの雨の量は、奈良県上北山村で750ミリを超えたほか、四国や関東などの山沿いでも500ミリ前後に達しているところがあります。これまでに降った雨で高知県、愛媛県、香川県、徳島県、鳥取県、岡山県、和歌山県、奈良県、三重県、静岡県、山梨県、長野県、神奈川県、埼玉県、群馬県、栃木県、それに岩手県では、土砂災害の危険性が非常に高くなっている地域があります。

　また、三重県、和歌山県、香川県、徳島県、それに北海道では、川が増水して洪水の危険性が非常に高くなっている地域があります。

　これから明日にかけて西日本から北日本では台風を取り巻く雨雲と湿った空気の流れ込みで、雷を伴って1時間に50ミリから70ミリの非常に激しい雨が降る恐れがあります。明日の夜遅くまでに降る雨の量は、いずれも多いところで、東海で800ミリ、近畿で700ミリ、関東甲信で500ミリ、中国・四国地方で300ミリ、北陸で250ミリ、東北と北海道で200ミリと予想されています。西日本と東日本では

明日にかけて、最大風速が25メートルから30メートルに達し、北日本から西日本の太平洋沿岸では大しけが続く見込みです。また四国や紀伊半島の沿岸部では台風の接近に伴って潮位が通常よりも1メートル前後高くなっているところがあり、高潮のおそれがあります。気象庁は、土砂災害や低い土地の浸水、川の氾濫、高波、高潮に警戒するよう呼びかけています。

　文化庁の世界文化遺産特別委員会は、山梨県と静岡県の「富士山」と神奈川県の「鎌倉」をユネスコの世界文化遺産として推薦する意見をまとめました。

　富士山は「信仰の山」としての宗教的な価値などがあり、推薦にふさわしいとされました。鎌倉は、日本で初めての武士の政権、鎌倉幕府がつくった古都としての価値があると評価され、薦は了承されましたが、武家の文化価値をより詳しく説明する必要があると指摘されました。

　政府は、今月末までにユネスコへの推薦書の暫定版を提出する予定で、ユネスコによる視察を経て、再来年の夏に審査が行われます。

例1

学校の帰り道で。女子高生の会話。

A子：図書館、行こうかな。

B子：私、一回帰ってから行く。カリパクしそうなんだ。

A子：じゃァ、着いたらワンコ入れて、バンツしてよ。オリテルするから。

B子：うん、わかった。

解説

　借りパクとは「借りてぱくる」「借りた物をぱくる」の略である。「ぱくる」の意味のひとつに「盗む」がある。要するに借りパクとは人から借りた物を盗ってしまうことである。ただし、万引きや泥棒のように初めから盗ることを前提にしていることは少なく、借りたことを忘れ、結果的に私物になった（主にマンガなど安価な物の貸し借りに見られる）、当初は返すつもりであったが返せなくなった（主に金銭の貸し借りに見られる）といったものが多い。貸した側が忘れていることも多い。また、エリアによっては借りパチともいう。

ワンコ：一つのコール。

バンツー：電話番号通知サービスの略です。

オリテル：折り返し電話する。

例 2

通勤電車にて。OLの会話。

A子：昨日の飲み会、なんでドタったの？

B子：ブッチャケ、課長嫌いなんだよ～。飲むといつもセクハラされるんだよ。

A子：そういえば、この前女子更衣室の前でキョドってた。

B子：でしょう！会社サボって、マンキにでも行きたいな。

解説

ドタる：トイレに行きたいこと。

キョドる：挙動不審なことをする。

マンキ：漫画・喫茶店；漫画喫茶。

女子高校生の会話

A：「宿題やってきた？」

B：うそっ！忘れてた〜！宿題って、なんだっけ？

A：数学のやつだよ。たぶん、今日答え合わせするよ。

B：マジ？ありえないんだけど！

第五章　総合理解

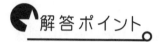

解答ポイント

★題型特點

1. 對話開始前有相關事項提示。
2. 對話較長。
3. 問題在對話結束後只出現一次。
4. 四個選項均被印刷在試卷上，還有針對一段對話提出兩
   個問題的題型。
5. 對話場景多樣。

★解題方法

　　綜合理解是針對內容更加複雜、資訊量更大的原文，邊
聽邊理解其內容的一類題目。做這一類題目，必須記筆記。
往往是先介紹四類事物，然後再提出需求，根據需求進行選
擇。一般題目較長，但只要細心把握核心內容，及時排除干

擾項，就不難答對。2011年考試中的這類題目，涉及很多外來語，建議考生以後多接觸些有關公司日常交談的常用語，以備今後考試之用。

≫ 問題5

問題5　長めの話を聞きます。この問題には練習はありません。

メモをとってもかまいません。問題用紙に何も印刷されていません。まず話を聞いてください。それから、質問と選択肢を聞いて、1から4の中から、最もよいものを一つ選んでください。

1番 501

1. 生活が不規則なこと。
2. 企画の内容。
3. 職場の人間関係。
4. 上司への報告の内容。

2番 502

1. 色や形で見つけます。
2. 匂いで見つけます。

3. 動きで見つけます。

4. 音で見つけます。

3番 503

1. 賃金だけが高くなる。

2. 物が売れなくなる。

3. 自分の勤めている企業の製品も安くなる。

4. 企業の収益が上がる。

4番 504

1. 100円で買い取って200円で販売する。

2. 100円で買い取って500円で販売する。

3. 200円で買い取って400円で販売する。

4. 200円で買い取って500円で販売する。

5番 505

1. 立地条件が悪くては、どんなに努力しても客が来ない。

2. 値段より品質を重視する客が増えている。

3. あまり安くしすぎると、経営にダメージを与えかねない。

4. 食品スーパーは生き残りをかけて熾烈な戦いをしている。

6番 506

【質問1】

1. 仕事の量を減らし、スムーズに進めるためです。

2. 仕事の時間を減らし、スムーズに進めるためです。

3. 仕事の無駄を減らし、スムーズに進めるためです。

4. 仕事の人手を減らし、スムーズに進めるためです。

【質問2】

1. 行動をする前に、計画を立てることは一番手間がかかることです。

2. 行動をする前に、計画を立てることは一番手間がかからないことです。

3. 行動をする前に、計画を立てることは最小の努力です。

4. 行動をする前に、計画を立てることは最大の努力です。

7番 507

【質問1】

1. 心。

2. 体。

3. 気持ち。

4. 行動力。

【質問2】

1. よく彼女と一緒に歩いたりするからです。

2. よく自分で歩いて彼女のうちに行くからです。

3. 歩いて彼女をバス停まで送ることができるからです。

4. 彼女とデートするとき、長い時間一緒に過ごすことが
　 できるからです。

8番　508

【質問1】

1. 4つ。

2. 5つ。

3. 6つ。

4. 7つ。

【質問2】

1. 重要なお客様を訪問するとき、3名から5名の人が必
　 要です。

2. 重要なお客様を訪問するとき、3名の人が必要です。

3. 重要なお客様を訪問するとき、3分以内に自分の意見
　 をまとめることが必要です。

4. 重要なお客様を訪問するとき、質問を3つ以内に控え
　 る必要があります。

9番 509

【質問1】

1. なんとなく電話したいからです。

2. 暇だからです。

3. 用事がありますからです。

4. 声が聞きたいからです。

【質問2】

1. 簡単だからです。

2. 自分の気持ちを婉曲に表すことができるからです。

3. 恋人同士の間によく交わされた言葉だからです。

4. 愛情の気持ちを直球に相手に伝えることができるからです。

10番 510

【質問1】

1. 軽い気持ちで告白していると思われがちです。

2. ラフな気持ちで、すごく安心です。

3. つたない告白だと思われがちです。

4. 重大なことを伝えたと思われがちです。

【質問2】

1. セーラー服。

2. スーツ。

3. 学生服。

4. 軍服。

11番 （511）

【質問1】

1. 白という色が好きだからです。

2. 生活環境の中に、「白」と関係する色が多いからです。

3.「白」という言葉はイヌイットの言語の中には存在しないからです。

4.「白」という言葉はイヌイットの言語の中にはたくさん存在しているからです。

【質問2】

1. 看護婦の地位が上がったこと。

2. 看護婦と看護師の区別がなくなったこと。

3. 看護婦と看護師の地位が変わらないこと。

4. 看護婦は女性という先入観がなくなったこと。

12番 （512）

【質問1】

1. 芸術作品として史上一番美しいからです。

2. 芸術作品として左右対称を持っているからです。

3. 芸術作品として一番認められているからです。

4. 芸術作品としてもっともよく保存されたからです。

【質問2】

1. 男子生徒が多い学校にいる女性の美。

2. 男子生徒が少ない学校にいる女性の美。

3. 男子生徒と女子生徒のバランスがいい学校にいる女性の美。

4. 男子生徒がいない女子生徒の美。

13番 513

【質問1】

1. 2つ。

2. 3つ。

3. 4つ。

4. 5つ。

【質問2】

1. 韓国の出産率、就職率が加盟国の中では上位を占めている。

2. 韓国の出産率、就職率が加盟国の中で上位を占めていない。

3. 出産率が高ければ、就職率も高くなる。

4. 出産率が高くなっても、就職率も高くならない。

14番 514

【質問1】

1. 300キロワット。

2. 1500キロワット。

3. 1800キロワット。

4. 1200キロワット。

【質問2】

1. 2つ。

2. 3つ。

3. 4つ。

4. 5つ。

15番 515

【質問1】

1. 新聞。

2. 4コマ漫画。

3. 社説。

4. 記事。

【質問2】

1. 何を学んだかということ。

2. これから何ができるということ。

3. 問題点を見つけ、周囲と協力して解決する能力を各自

が身につけること。

4. 社会的・自然的な事象を読んで、分析すること。

16番 516

【質問1】

1. 結論を急いで、商談相手を怒らせたこと。

2. 営業のトークが下手で契約が取れなかったこと。

3. 1日で終わる商談に1ヶ月も費したこと。

4. 取れると思った契約が取れずに商談を終えたこと。

【質問2】

1. 相手をよく観察し、場の空気を感じ取る。

2. 相手のペースに合わせながら様子を伺う。

3. 相手の気持ちを十分にひきつける。

4. 恥ずかしがらずに直接相手に尋ねてみる。

17番 517

【質問1】

1. お金が多いほど使える手段も多い。

2. お金が多いほど願うことが実現できる。

3. お金は物を交換するときの仲介役である。

4. お金は物交換の仲介役で、共通的な価値を持つものである。

【質問2】

1. 愛は一つもお金で買えない 。

2. 愛はすべてお金で買える 。

3. 愛はお金で買える場合と買えない場合両方ある 。

4. 愛とお金の間には何の関係もない 。

18番 (518)

【質問1】

1. 世の中にはできないことがあると思っている 。

2. 世の中にはできないことがないと思っている 。

3. 協力があれば 、できないことがないと思っている 。

4. 協力があっても 、できないことはあると思っている 。

【質問2】

1. テレビは存在していないものだと考えていた 。

2. テレビは人間が入っている箱だと信じていた 。

3. テレビは電波を通して放送するものだと信じていた 。

4. テレビはとんでもない技術だと考えていた 。

19番 (519)

【質問1】

1. 間違い電話 。

2. いたずら電話 。

3. 迷惑電話。

4. 営業電話。

【質問2】

1. 社内にいるので、暴言を使うと、自分のイメージダウンになりかねない。

2. 社内にいるので、暴言を使うと、会社のイメージダウンになりかねない。

3. 社内にいるので、上司に聞かれてはいけない。

4. 社内にいるので、同僚の人たちに聞かれていけない。

シナリオ練習

千と千尋の神隠し　　521

リン：帰ってきたー

みんな：おおっ…

湯婆婆：坊は連れて戻ってきたんだろうね。えっ

坊：ばあば。

湯婆婆：坊ーー。

怪我はなかったかい。ひどい目にあったねぇ。…。坊。あなた一人で立てるようになったの。え？

ハク：湯婆婆様、約束です。千尋と両親を人間の世界に戻してください。

湯婆婆：フン！そう簡単にはいかないよ、世の中には決まりというものがあるんだ。

みんな：ブー、ブー。

湯婆婆：うるさいよ。

坊：ばあばのケチ。もうやめなよ。

湯婆婆：へっ？

坊：とても面白かったよ、坊。

湯婆婆：へぇっ？でででもさぁ、これは決まりなんだよ？じゃないと呪いが解けないんだよ。

坊：千を泣かしたらばあば嫌いになっちゃうからね。

湯婆婆：そ、そんな〜〜

千尋：おばあちゃん。

湯婆婆：おばあちゃん？

千尋：今、そっちへ行きます。

空の城ラピュタ　**522**

パズー：それ、父とうさんが飛行船から撮った写真なんだ。『ラピュタ』っていう、空に浮いている島だよ。

シータ：空に浮いている島？

パズー：うん。伝説って言われてたけど僕の父さんは見たんだ。その時撮った写真なんだよ。ガリバー旅行記で、スウィフトがラピュタのこと書いてるけど、あれはただの空想なんだ。これは、父さんが書いた想像図。今はもう、誰も住んでない宮殿に、たくさんの財宝が眠ってるんだって。でも、誰も信じなかった。父さんは詐欺師扱いされて死んじゃった。けど、僕の父さんはうそつきじゃないよ！今、本物を作ってるんだ。きっと僕がラピュタを見つけてみせる。

シータ：はぁっ

パズー：オートモービルだ！めずらしいなぁ。

シータ：あの人ひと達海賊よ。

パズー：え？

シータ：飛行船を襲わった人たちだわ。

パズー：シータをねらってるの？

シータ：さあ

パズー：早くこっちへ！おはよー！

ルイ：ぁよお、待ちな！

パズー：あ何？んー、急いでんだから早く！

ルイ：女の子が、この辺に来なかったかい？

パズー：きのうー、来たかな？親方んとこの、チビのマッ
　　　　ジが！

ルイ：んんーこんの、いっちまえ！

パズー：バーイ！やっぱり、シータをねらってるんだ！

子分ケ：ルイ！女の子の服だ！

ルイ：なぁに?!化けてたんか！お前ら、んママに知ら
　　　　せろ！

子分ケ：あいよ！

──○ "抜き打ち検査"で基準超え ○── 522

　厚生労働省が食品を買い取って独自に行った抜き打ち検査で、千葉県産と埼玉県産として販売されていたお茶から国の暫定基準値を超える放射性セシウムが検出されたことが分かりました。食品の抜き打ち検査で基準を超える放射性物質が検出されたのは初めてです。

　厚生労働省によりますと、食品を買い取って独自に行っている抜き打ち検査で、千葉県産と埼玉県産として販売されていた、合わせて4種類のお茶から国の暫定基準値を超える放射性セシウムが検出されたということです。千葉県産として販売されていたお茶からは、暫定基準値の5倍を超える1キロ当たり2720ベクレルが、埼玉県産として販売されていた3種類のお茶からは1キロ当たり、最大で1530ベクレルがそれぞれ検出されました。お茶は、産地が異なる茶葉をブレンドして販売されていることが多いため、千葉県と埼玉県は詳しい産地やブレンドの割合などを調べるとともに、必要があればお茶の製造会社に対して製品の回収を求めることにしています。

　兵庫県尼崎市にある「聖トマス大学」を経営する学校法人が、新しい学部の設置を申請した書類に、学長や教員の虚偽の経歴を記載したとして、文部科学省はこの学校法人に、2年間、新しい学部の設置を認めない決定をしました。

　決定を受けたのは、兵庫県尼崎市の「聖トマス大学」を経営する学校法人「英知学院」です。この大学は、学生が集まらないため、去年から学生の募集を停止していますが、来年度から新しい学部を2つ設置することを文部科学省に申請し、認可が得られれば、学生の募集を再開する予定でした。

　ところが、ことし5月に提出した申請書で、大学の学長は前の職業を別の大学の「副学長」としていましたが、実際は「部長」だったことが分かりました。さらに、准教授になる予定だった外国人の教員が、大学として実態のない外国の機関から金銭で購入した学位を学歴として記載するなど、合わせて6人の外国人教員が事実と異なる学歴などを記載していたということです。このため、文部科学省は「学長という組織の中心人物が申請書に虚偽の職歴を記載したのは重大だ」として、大学設置基準に基づいて、この学校法人に、2年間、新しい学部の設置を認めない決定

をしました。これについて、学校法人「英知学院」は、「このような事態となり、おわび申し上げます。今回のことを真摯に受け止め、二度と同じことが起きないよう、全力を挙げて努力してまいります」とコメントしています。

若者 **言葉**

例 1

美術館で鑑賞中

女：おなかすいたね、あ、あれいいよ、ちょっと、コンピュータ？グラフィックみたい。

男：でも違うよ。

女：「14のさくらんぼ」、暗いね、これね。（うん）すっげえくらいね。暗いなのかな。あ、何これ。何かこれサランラップ巻けそうだよ。

男：どうやって描いてあんの？（どれ？）これ別にさ、絵の具で描いたわけじゃないよね。

女：うん、どうやって描いたのかなー、ね。これ何かな？

20才の女性同士

A：へえ。いいな、納涼船…

B：うん、よかったよ、楽しかった。

A：あれいつまでやってるのかな。

B：9月までやってるって。

A：え？そうなの？（B：うん）毎日？土日くらい？

B：多分、金土以外。

A：そっかそっか。（B：うん）行きたい。

B：楽しかったよ。（A：マジ？）うん。

（32才の女性同士）

C：Xくん細い！体重何キロ？0キロないの？まだ。

D：0キロくらいかな。（C：細い）あの貧相な足。

C：こんな細いよ。（D：ねえー）ごぼうみたい。

D：そうなんだよねえ。足貧相だねえー、とか言われて、

C：食べてんのって言われるでしょ。

D：うん、言われる。あれでもね、結構食べ、去年の夏は
　　食べなかったけど、今年は結構食べてるんだよね。う
　　ん、食べちゃうんだよね。そうそうそう。

スクリプト

 第一章　課題理解

　問題1　まず質問を聞いてください。それから話を聞いて、問題用紙の1から4の中から、最もよいものを一つ選んでください。

1番

女の人は何を怒っていますか。

女：ちゃんと聞いているの。

男：ああ。聞いている…

女：いつも人の話、上の空じゃない。

男：そうか？

女：そうよ、この間だって、約束の時間、間違ったでしょう。

男：え…ああ…

女：ほら、また、そうやって。

質問：女の人は何を怒っていますか。

正解：1

2番

女の人は男の人のことをどう思っていますか。

男：あ、このセーターいいじゃない；そんなに高くない
　　し、買ってあげるよ。

女：いいわよ。

男：今、はやっているんだよ、こういうの。

女：何言っているのよ、こんなの、もうとっくにすたれた
　　のよ、あなたって、本当にこういうこと、鈍いわよね。

質問：女の人は男の人のことをどう思っていますか。

正解：4

3番

男の人は高齢化社会について、どう考えていますか。

女：最近、介護保険などのシステムができつつあり、老後
　　の生活が保障されるようになってきましたね。

男：ええ、確かに老人向けの施設が増え、介護サービスな
　　ど充実してきましたが、実際にはいろいろな問題が多
　　いようです。

女：問題といいますと…

男：一つは、高齢者の望みどおりにはなかなかうまくいか
　　ないということです。自分の求めた施設に入れなかっ
　　たり、思うような介護が受けられなかったり、そうい

うようなことですね。もう一つは高齢者の世話をする家族の希望が叶えられないということですね。昔のように、親と同居して世話する人もいれば、別々に住みながら世話する人もいます。それぞれの条件が異なるので、家族が求める支援も一様ではありません。

女：なるほど、難しい問題ですね。

男：ええ、今までは、世話してもらうために、世話をするためにどうしたらいいかという話題だったのですが、今後は、個々の状況に対応する必要があります。ですから、老いをどう生きるかという面から支援を考えるといいのではないかと思います。

質問：男の人は高齢化社会について、どう考えていますか。

正解：3

4番

お母さんと子供が話しています。お母さんは、子供のことをどう思っていますか。

子：斉藤くん、すごいんだよ、算数のテスト100点だったってさ。

母：それにひきかえ、あなたは…

子：いわないでよ、ちょっと遊びに行ってくる。

母：本当にのんきな子ね、仕方が無い…

子：行って来ます、6時ごろに帰ってきます。

質問：お母さんは、子供のことをどう思っていますか。

正解：3

5番

花見はどうなりますか。

女：お花見のことだけど…

男：いつも通り、来月の第一土曜日だろ。

女：そうだけど、部長が今月かぎりで引退でしょ。それ
　　に、今年は桜が咲くのが例年より早そうだから…

男：えー、まさか中止じゃないよね、春といえば桜、花見
　　なくして、日本の春は語れないよ、たとえ部長、いや
　　社長といえど、中止にする権利は無いよ。

女：ちゃんと話しを聞いてよ。わたしはね、部長の送別会
　　をかねて、今月の終わりにすることになったって言い
　　にきたのよ。

質問：花見はどうなりますか。

正解：1

6番

女の人はどう思っていますか。

女：今度の試合、東西大学とだって。

男：うん、そうなんだ、勝てっこないよ、だって向こうの

チームには橋本がいるんだもの。

女：高校のとき、高校生ながら全国代表選手に選ばれたっ
ていう？

男：そうだよ、だから、やる前から結果は見えてるよ。

女：弱気なこと言わないで、団結すれば勝てないものでも
ないわよ。

質問：女の人は、どう思っていますか。

正解：4

7番

男性のアイデアに対して、女性はどう思いましたか。

女：ねえ、しってた？今度、エアバッグ付きのオートバイ
が販売されるんだって。

男：エアバッグって、衝突したときに、膨らんで、衝撃を
吸収してくれるやつだろう。

女：ここに写真があるわよ、ほら、見てー。

男：あ、本当だ。まあ、バイクの場合はシートベルトをつ
けるわけにはいかないからな。でも、これで本当に投
げ出されるのが防げるのかな。

女：もちろん、100%安全ってわけじゃないと思うけど、
ないよりはいいじゃない。

男：僕はね、逆転の発想で商品を作ったらどうかなって思
うんだ、どうやったら投げ出されずにすむじゃなく

て、どうやったら投げ出されても大丈夫かって。例え
ば、エアスーツってのはどう？投げ出されたら、瞬時
に膨らんで全身を包んでくれて、地面に落下しても大
丈夫。どう、このアイディア。

女：逆転の発想はなかなか…ちょっと非現実的だと思う
わ。

質問：男性のアイデアに対して、女性はどう思いましたか。

正解：3

8番

男の人が友人に結婚式について相談をしています。結論
はどうなりましたか。

男1：あのさあ、俺、結婚式に招待されたんだけど…

男2：誰の？

男1：高校の時の同級生なんだけどさ。

男2：そうなんだ。

男1：それでさぁ、始めてなんだよ、結婚式に行くのって。

男2：へぇ～

男1：あの、それで、お祝いのお金なんだけど…いくらぐ
らい包むものなんかな？5万くらい？

男2：あぁ、ご祝儀ね。そんな、上司ってわけでもないん
だから、5万はやりすぎだよ。

男1：そうなんだ。相場ってどのくらいかな。わかる？

男2：1万から2万ってところじゃない。で、その同級生
　　　とは仲いいの？

男1：まあ、当時はね。でも、最近は連絡も取ってなかっ
　　　たし…

男2：それなら、1万円ぐらいでいいでしょ。

男1：そうか～。なら、そうするか。

男2：ま、俺だったら5千円で済ますね。

男1：冷たい奴だな。

質問：相談の結果、どのような結論が得られましたか。

正解：4

9番

市民センターの窓口で話しています。502号室は、どのよ
うにすると借りられますか。

A：すみません。502号室をちょっと会合で使いたいんで
　　すが。

係：市民の方ですか。

A：はい。

係：利用者登録は、もうお済みでしょうか。

A：あ、いえ、まだなんですが。

係：では、まず2番窓口で手続きをお済ませください。そ
　　のあとこちらでお伺いします。

A：あれ、受付で、3番窓口って聞いたんですけど。

係：申しわけございません。こちらでは、貸し出しの申し
　　込みのみとなっております。登録された代表者のお名
　　前・連絡先と、使用目的・使用日時を、この用紙に記
　　入していただきます。
A：わかりました、2番で登録ですね。どうも。
質問：502号室は、どのようにすると借りられますか。
正解：1

10番

ある夫婦が五月の連休について話をしています。この夫
婦は五月の連休に何をしますか。
夫：なあ、五月の連休、久しぶりに旅行でも行かないか？
妻：えっ？どうしたの急に？
夫：いや、だからさあ、子供たちも大きくなったことだ
　　し、久しぶりに二人で。
妻：そうねえ。でもあなた、毎年この時期は忙しかっ
　　たじゃない。だから今年も子供たちと実家に帰ろうか
　　と思ってたのよ。
夫：ああ、そっかあ。
妻：母さんにももう連絡しちゃったのよね。
夫：でも今年は二人とも大学生だし、そんな暇ないんじゃ
　　ないのか？
妻：うーん、そうなのよね。あんまり乗り気じゃないみたい。

夫：だったらさ、今年は夏に帰ればいいじゃないか。みんなで時間合わせて。俺も久しぶりに挨拶に行きたいしさ。

妻：そうねえ。でもどうして急に旅行なんて？

夫：いやあ、もう25年だろ、結婚してから。記念にと思ってさ。

妻：あ…そうねえ。

夫：だからさ。

妻：そうね、行きましょうか、温泉にでも。うふふ。

質問：この夫婦は五月の連休に何をしますか。

正解：1

11番

歯医者が歯を抜いた後で、患者に説明をしています。患者は、痛みや熱が出たら、どうしますか。

歯医者：それじゃ、綿は30分間かんだままでいてくださいね。何を食べてもかまいませんが、抜いた歯と反対側で食べるようにして、抜いたところは清潔に保つようにしといてください。それから、もし痛むようでしたら、痛み止めを出しておきますので、それを飲んでください。但し、もしがまんできなかったり、熱がでるようなことがあれば、こちらにいらしてください。

質問：患者は、痛みや熱が出たら、どうしますか。

正解：4

12番

ある夫婦が今年の夏休みについて話をしています。今年の夏休み、この家族はどうしますか。

妻：お隣の佐藤さん、今年の夏休み家族で南フランスへ行くんですって。

夫：へー、世間じゃ景気が悪いっていうのに、うらやましいなあ。

妻：もう、そんなこと言ってないで、うちも今年は海外へ行きましょうよ。

夫：おいおい、再来年は陽子も高校だし、ぜいたくしてる場合じゃないだろ。

妻：海外って言っても、近場なら家族4人でもそんなにしないし、来年は陽子、受験勉強で大変なんだから、少しぐらい遊ばせてやったっていいんじゃない。それに、海外へ行くって、陽子にとっていろんな意味でいい経験になると思うの。

夫：そりゃ、まあ、そうだけど…

妻：ねえ、行きましょうよ。

夫：…んー、仕方ないなあ…

妻：ね、ね。

夫：わかった。

質問：今年の夏休み、この家族はどうしますか。

正解：3

13番

男の人は、頼まれた仕事について、どう言っていますか。

女：お願いします。山田さんしかいないんです。

男：そちらが大変のはわかるけれど、私も今の仕事が好きで
　　始めたんだから、やめる気はないんですよ。それに、そ
　　んな責任ある仕事は、私にはとてもできそうに…

女：そこをなんとか。これは山田さんのためだけではな
　　く、社会のためになるのですから。

男：うーん。まあ、社会のためと言われれば、条件によっ
　　ては考えないわけではないけど…

女：ええ、ぜひ。

質問：男の人は、頼まれた仕事について、どう言ってい
　　ますか。

正解：3

14番

男の人と女の人が、今夜の予定について話しています。
今夜、何をしようとしていますか。

男：今夜、何か予定がある。もしなかったら外に食事に行かない。駅前の蕎麦屋さんとか。

女：えっ、この前行ったばかりでしょ。たまには違ったところに行きたいな。お寿司屋さんとか。

男：きみは蕎麦が大好きで、「何回行っても飽きない」といってたからさ。

女：そうだけど、毎回は行きたくないな。どこか他にいいところ知らない。

男：うーん。あ、そういえば、友達が、最近、新しいレストランができたっていってたな。駅の反対側のデパートの側に。ほら、前に、保育園のあったところ。広々としていて、値段も手ごろで、味もいいっていってたよ。

女：えー、そんなところができたの。どんな料理があるの。

男：食べ放題で、日本料理だけじゃなくて、いろんな国の料理が食べられるんだって。

女：えー、いいな。そこへ行ってみようか。でも、今日は土曜日だから込んでいるかな。

男：うーん、そうかも。でも、早めに行けば大丈夫だと思うよ。もし混んでたら、お寿司を食べに行こうよ。

女：わかった。じゃ、駅の南口の改札口に5時半ごろでどう。

男：いいよ。

女：じゃ、あとで。

質問：男の人と女の人は今夜、どこに行きますか。

正解：3

15番

男の人は、会議についてどう思いますか。

女：あした会議だって、ほかの部の部長はなんでも1人で
　　もきめちゃうみたいだけど、うちの部長って、私たち
　　の意見も聞いてくれるよね。

男：そうだね、それで、何時から。

女：6時。

男：また、残業？勤務時間は5時までなのに…

女：いいじゃない。早く帰ったって、どうせすることない
　　んでしょう。

質問：男の人は、会議についてどう思っていますか。

正解：2

16番

近所のおじいさんが王さんをお祭りに誘いに来ました。おじ
いさんが王さんを誘った、ほんとうの理由は何ですか。

男：王さん、日本の伝統的なものに興味あるよね。

女：ええ。

男：明日、この村の夏祭りなんだけど、来てみない。みこ

しも出るし、いろいろな食べ物の店やお土産屋も出る
し、それに踊りもあるし、けっこう面白いよ。

女：お祭りですか、楽しそうですね。でも、明日は、ちょ
　　っと…

男：いやあ、実はね、うちの孫娘がね、午後3時から、舞
　　台に出て踊るんだよ。

女：ああ、お孫さんが？

男：うん、4歳で、これが、初舞台なんだよう。よかった
　　ら、ぜひ見にきてやってほしいんだ。

質問：おじいさんが王さんを誘った、ほんとうの理由は
　　　何ですか。

正解：2

17番

学生寮に住んでいる男子学生と女子学生が話をしていま
す。女の人はなぜ気が重いのですか。

女：ねえ、ちょっとうるさいでしょう、やっぱり。

男：このさい、はっきり言っておいたほうがいいですよ。

女：それはそう思うんだけどね。

男：毎晩これじゃ、周りの住民だって迷惑しますよ。

女：だけどね、あたし、そういうのって苦手だから、山上
　　君から言ってくれない？

男：こういうのは、やっぱり先輩がいくべきでしょう。

女：そう。ああ、やっぱり私がいかなきゃだめ？気が重
　　いなあ。

質問：女の人はなぜ気が重いのですか。

正解：1

18番

男の人と女の人が話をしています。女の人はなぜ習いご
とをしたいのですか。

女：私、習いごとでも始めようかなあと思って。

男：どうしたの、急に。

女：春子もね、料理とお花習ってるでしょう。

男：ああ、彼女結婚するからね。花嫁修業でしょう。あ
　　れ？ひょっとして、結婚？

女：そんなんじゃないわよ。

男：じゃあ、どうして？

女：今の生活、あまり刺激がなくて。いろいろな人に会う
　　と、世界も広がって、いろんな見方ができるようにな
　　るじゃない？

男：ええ？スキルを身につけて転職する気じゃないの？

女：別に資格とか転職のためとかじゃないのよ。

男：費用もばかにならないんじゃない？

女：うーん。でも、自己投資だから。

男：ふーん、いろいろ考えてるんだ。

質問：女の人はなぜ習いごとをしたいのですか。
正解：3

19番

ラジオのスポーツ番組です。この男の人は選手の不振の原因を何だと言っていますか。

女：今日の解説は佐藤さんです。さて、佐藤さん、中村選手ですが、最近不振ですね。

男：ええ。去年の活躍がうそのようです。

女：不振の理由はやはり去年年末の怪我でしょうか。

男：ええ。本人はそのための練習不足だと言っていますがね。

女：ということは、それは本当の理由ではないということですか。

男：ええ。私は人間関係だと思いますね。

女：選手同士はうまくやっているように見えますが。

男：ええ。選手同士ではなく、コーチとねえ。

女：ああ、それで本人は怪我を理由にしているわけですね。

男：そう、そして、監督はフォームの改良がうまくいかなかったとか何とか言葉を濁しているわけです。

女：そうだったんですか。

質問：この男の人は選手の不振の原因を何だと言ってい

ますか。

正解：4

20番

男の人と女の人が映画とビデオについて話しています。
女の人がビデオが好きな一番の理由は何ですか。

男：最近の映画すごいよね。映像がきれいで、音も力強いし…

女：映画館も新しいところは座席がゆったりしていて、楽だしね。でも私、家でビデオを見るほうがいいな。

男：そう？画面が大きいほうが迫力あって、俺は好きだけど。

女：私ね、変な癖があってね。気に入ったところを繰り返し見るのが好きなの。それが何よりビデオじゃなきゃだめな理由ね。

男：うーん、なるほどね。まあ、リビング・ルームでわいわい飲み食いしながら見るのも楽しいけどね。

女：それに、いつでも古い映画が見られるし。

男：そりゃそうだね。

質問：女の人がビデオが好きな一番の理由は何ですか。

正解：4

第二章　ポイント理解

　問題2　まず質問を聞いてください。そのあと、問題用紙の選択肢を読んでください。読む時間があります。それから話を聞いて、問題用紙の1から4の中から、最もよいものを一つ選んでください。

1番

男の人は、どうして書類を読めませんか。

男：ねえ、これ、なんて読むと思う？

女：どれ？ああ、これ？全…じゃない、金…、ああ、金融よ。

男：金融ね、じゃあ、これわかる？清書しれくれって部長にコピー渡されたんだけど、かすれていて、全然読めないんだ。

女：ああ、最近、調子悪いのよね、あれー。

質問：男の人は、どうして書類が読めませんか。

正解：2

2番

男の人と女の人が話をしています。男の人が乗った電車
は、どうして遅れましたか。

女：おはよう。すごい赤い顔してるけど、どうしたの？

男：おはよう。いやー、大変だったよ。駅からずっと走っ
　　てきた。

女：ええ、ほんとに？

男：うん、電車が止まっちゃってさー。

女：え、また人身事故？

男：いや、人が飛び込んだんじゃなくて、車内トラブルと
　　か言ってた。

女：車内トラブルって、電車の中で喧嘩とかになっちゃう
　　ってこと？

男：そう、たぶんね。最近多いじゃん。携帯とかが原因で。

女：あー、そうだねー。

男：そんなんでいちいち止められちゃ、たまらないよ。

女：たしかに。私も昨日、駅で20分も待たされてさあ、
　　アルバイト遅刻しちゃった。

男：ああ、大雨でダイヤが乱れてたからか。

女：じゃなくて、信号機トラブルだって。

男：えー、わけわかんねえなあ。

女：でしょう？まあもうちょっと早く家を出れば、済む話
　　なんだけどね。

男：まあそうなんだけど、ついねー。

質問：男の人の乗った電車は、どうして遅れましたか。

正解：1

3番

男の人はどうして妙な顔をしていますか。

女：妙な顔をしているけど、部長の話ってなんだったの？

男：うん…今度の君の業績は満足に足りるものだって。

女：なんだ、じゃあ、もっと喜べばいいじゃない。

男：でも、気味が悪いだろう。

女：まあね、あの部長のことだから、おだてておいて、やっかいな仕事をやらせる気かもしれないわね。

質問：男の人はどうして妙な顔をしていますか。

正解：4

4番

女の人はどの方法にしようと思っていますか。

女：また、ゴミ、やられたわ、カラスに。

男：ゴミの日になると、いつも来るなあ。

女：そうなの。何かいい方法がない？

男：そうだな、ふたのついているゴミ箱に入れるとか。

女：でも、それってゴミを取りに来る人は面倒なのよね、

いちいちあけなくちゃいけないし。

男：そうか、じゃあ、大きな音でカラスを脅かしてみたら。

女：それが、案外、驚いてくれないのよ。

男：人に慣れているのかな。そういえば、職場の近所では
　　網をかけているのを見たけど…

女：網で覆うのね、でも、それってだれかが網の当番にな
　　るってことでしょう。

男：それが無理なら、1人1人がゴミ収集車が来たときに
　　走って持っていくしかないんじゃない。

女：それができれば一番いいけど、実際には無理よ。

男：そう、じゃあ、やっぱり当番しかないじゃない。

女：うーん、そうね、じゃあ、みんなに相談してみよう。

質問：女の人はどの方法にしようと思っていますか。

正解：1

5番

男の人と女の人が話しています。男の人は恋人に何をプ
レゼントしますか？

男：もうすぐ彼女の誕生日なんだよなあ。

女：へえー、何かプレゼントとか、するの？

男：うん、まあ…。でも女の子が喜びそうなものってわか
　　んなくってさあ。

女：そうだよねー。私も女友達だったら自分と似たような趣

味してるから、CDとか本とか選びやすいんだけどね。

男：君だったら何が欲しい？

女：うーん…好きな人がいてくれさえすれば何もいらない、
と言いたいところだけど。

女：あ、化粧品なんてどうかなあ。

男：例えば？

女：口紅はつけてみないと似合うかどうかわからないから
あまりオススメじゃないけど…

男：そうだね。

女：彼女の好みの香りが分かれば、香水なんかいいんじゃ
ない？

男：化粧品かあ…。でも買いに行くのがちょっと恥ずかし
い気がするんだよなあ。

女：そうよねー。

男：あ、そうだ。花なんかどう？ありがちかもしれないけど。

女：えー！それこそ恥ずかしいよー。持ち歩くにも目立つし。

男：そっか。

女：ねえ、アクセサリーなんてどう？ほら、指輪を二人で
買いに行くとかいいんじゃない？

男：なるほど！それなら彼女の好きなもの選んでもらえる
し、デートついでにもいいかも！

質問：男の人は恋人に何をプレゼントしますか。

正解：4

6番

内藤さんが電話で宴会の予約をしています。宴会はいつ行われますか。

店員：お電話ありがとうございます。

内藤：もしもし、えっと、今週の金曜日なんですけど、宴会の予約をお願いしたいんですが。

店員：はい、ご予約のお時間と人数をお願いします。

内藤：えっと、夜6時からで、25人くらいです。

店員：少々お待ちください。あ、申し訳ございません、そのお時間は予約がいっぱいになってしまっていますね。

内藤：あー、そうですかあ。

店員：8時からでしたらお席の方ご用意できますが。

内藤：じゃあ、土曜日はどうですか？

店員：少々お待ちください。えーっと、5時から7時しかあいてませんね。土曜日にしますか。

内藤：うーん、ちょっと早いな。じゃあ土曜日じゃなくて、すみません、8時からでお願いします。

店員：よろしいですか？ではご予約のお名前とご連絡先、お願いします。

内藤：内藤です。電話番号は、123の4567です。

店員：お電話番号123の4567の、内藤様でいらっしゃいますね。かしこまりました。ではお待ちしています。

質問：宴会はいつ行われますか。

正解：2

7番

サッカーの試合の後の選手のインタビューです。日本チームはどうして勝つことができましたか。

男：では、山田選手にインタビューしてみたいと思います。山田選手、お疲れ様です。今日の対戦相手は楽に勝てる相手ではありませんでしたが、1対0で何とか勝つことができました。どのような点が良かったのでしょうか。

女：えー、今日は調子がチームも私も、あまりよくなかったんですけど、得点できて本当に運が良かったと思ってます。
評判どおり、相手のチームの守りは堅かったですし、後半から相手が乱れてきて良かったです。でもやっぱり、一番は日本で試合ができたことです。つまり応援してくれた皆さんがいたから勝てたんだと思います。

男：そうですか。今度の試合に向けて、一言お願いします。

女：次はベスのの調子で臨んで、また勝ちたいと思います。

男：ありがとうございました。山田選手でした。

質問：日本チームはどうして勝つことができましたか。

正解：3

8番

男の人と女の人が話をしています。男の人は、どうして
授業を休みたがっていますか。

男：あのさあ、今日の3限の授業出る？

女：3限？日本文学論のこと？

男：そうそう。

女：え、出るつもりだけど、なんで？出ないの？

男：うーん、実はさあ、明日が締め切りのレポートがある
　　ことすっかり忘れてて、今晩アルバイトを入れちゃっ
　　たんだよねえ。だから昼間しかできないし、資料もま
　　だ集めてないんだ。

女：それはキツいねえ。で、どうすんの？3限サボってレ
　　ポートやるの？

男：うーん、休んでやるしかないんだけど、先週も歯医者
　　行くんで授業出てないからさあ。

女：私も先週は風邪引いて休んだけど。でもしょうがない
　　でしょ？

男：まあね…。で、悪いんだけど、今日の授業のノート、
　　今度貸してくんない？

女：はいはい、絶対そうくると思った。いいよ。でもその
　　代わり、今度なんかおごってね。

質問：男の人は、なぜ授業を休みたがっていますか。

正解：3

9番

朝のニュース番組です。台風はいつ弱まりますか。

A：今週の天気予報の時間です。では、担当の中田さんお願いします。

B：はい。天気予報をお伝えします。現在、強力で大型の台風17号が小笠原諸島の南に停滞しております。そして、今夜には再び北に向けて移動を始め、明日の午後には関東地方の南部が暴風域に入ります。あさっての夜には関東地方に上陸する見込みです。

A：それは危険ですね。その後、台風はどうなるでしょうか。

B：はい。台風は関東地方を通り過ぎた後、しばらく速度を落として北上を続け、北海道にさしかかる日曜日には弱まってくるでしょう。

A：ありがとうございました。皆さん十分気をつけてください。

質問：台風はいつ弱まりますか。

正解：4

10番

男の人と女の人が話しています。部長はどうして第一会議室を使いませんか。

女：部長、今日の東京デパートとの打ち合わせは第二会議

室で御願いします。

男：えっ、第一会議室じゃないの。第二のほうが広くていいけど、山田課長が使うんじゃなかったの。

女：はい、そうなんですけど、第一会議室の冷房の調子が今朝からおかしいんです。変な音がして。修理を頼んだら、明日しかできないというし、ほかの部屋は全部ふさがっているし。取引先との打ち合わせなので、うるさい部屋ではどうかと思いまして。山田課長のほうは社内会議なので…

男：そう、じゃあ山田課長に、ちょっと我慢してもらうか。

質問：部長はどうして第一会議室を使いませんか。

正解：2

11番

女の人は、男の人に何と言いましたか。

女：杉本さんの企画、大当たりよね、ライバルの成功は悔しい？

男：そんなことはないよ、でも、あのアイデア、僕も思いついていたんだ。

女：ええ、じゃあ、盗まれちゃったの？

男：違うよ、だれかに話す前に休みを取っちゃったんだ。ああ、なんで、あのとき、旅行なんて行っちゃったんだろう。

女：過ぎたことを悔やんでも仕方がないじゃない、また、
　　チャンスはあるわよ。
質問：女の人は、男の人に何と言いましたか。
正解：1

12番

どうしていい席がないのですか。

女：ねえ、そろそろ始まるわよ。もう、いい席、残ってな
　　いわね。
男：まったく、あいつときたら、時間に遅れないことない
　　んだから。
女：わかってるなら、指定席のチケット買えばよかったの
　　に…
男：この劇場は、全席自由なんだよ。
女：せっかく早く来たのに…
質問：どうして、いい席がないのですか。
正解：2

13番

女の人は男の人の何がよくないと言っていますか。

男：高橋くん、悪いけど、これ3部コピーしてくれる？高
　　橋くん？

女：私は高橋じゃありません。

男：あ、良子…悪い…うちだったんだ。

女：何か始めると、回りがみえなくなっちゃうんだから、仕事を持ち帰るなとは言わないし、あなたのそういうところ、嫌いじゃないけど、限度ってものがあるじゃない？

質問：女の人は、男の人の何がよくないと言っていますか。

正解：3

14番

女の人は、何に一番驚きましたか。

女：ねえ、そこのスーパーに強盗が入ったの、知っている？覆面もせずに入ってきて、レジからお金をつかんで出て行ったの。

男：へえ、大胆だな、で、つかまったの？

女：客の1人が追いかけて捕まえたのよ、それも70歳ぐらいのおじいさん。あっという間に犯人に追いついて、エイって投げ飛ばしたのよ。

男：へえ、すごいね、でも、なんで、そんなによく知っているの？

女：だって、私、そこにいて、おじいさんについて行ったんだもん。でも、すごい事件よね、犯人の大胆さもさることながら、あのおじいさん、びっくりしたわ…

男：へえ、そう。

質問：女の人、何に一番驚きましたか。

正解：1

15番

男の人と考えの同じものはどれですか。

女：土曜日よね、サッカーの試合。

男：うん、ハアー（ため息）

女：今度の相手って、そんなに強いの？

男：強いのなんの、点を取ることはおろか、ボールに触ら
　　せてもらえるかどうか怪しいよ。

女：そんな…元気だしてよ。

質問：男の人と考えの同じものはどれですか。

正解：2

16番

男の人と女の人が話しています。来週の打ち合せは何曜
日になりましたか。

男：来週の打ち合せは何曜日にしましょうか。

女：わたしは、水曜と木曜日を除けば、いつでも結構です。

男：私は来週の金曜日から出張ですから、えっと。

女：早いほうがいいんじゃないですか。

男：そうですね。じゃあ、打ち合せは…。

質問：来週の打ち合せは何曜日になりましたか。

正解：1

17番

先生と学生が話しています。船はいつ着きますか。

先生：船は予定通りにつくかな。4時だったっけ？

学生：これによると、今のところ、6時の到着予定となっ
　　　ていますが。

先生：おやおや。やっぱり、この雪のせいかな？

学生：いいえ、どの便も雪による影響は出ていないようで
　　　すよ。

先生：じゃ、いったいどうして？

学生：エンジン故障で、点検に時間がかかったらしいです。

先生：そうか。まあ、事故じゃないなら安心だね。

質問：船はいつ着きますか。

正解：2

18番

男の人が会議で話しています。エアコンの発売はいつで
すか。

男：では、最後に今日の会議で決まったことを確認したい

と思います。今日の議題は、エアコンの発売時期でした。最初の案では、日本国内が来年3月、海外は来年9月となっていましたが、皆さんから出された意見を受けて、国内と海外で同時発売することになりました。できるだけ早い時期にということで、国内の時期に合わせるとなりましたが、それでよろしいですね。では、これで会議を終わります。お疲れ様でした。

質問：エアコンの発売はいつですか。

正解：1

19番

男の人と女の人が話しています。男の人は、いつ、説明会に出ますか。

男：田中さんの展示会、いつだっけ？

女：えっと、8月16日ですね。

男：ああ、そう。

女：でも、展示会に参加する会社は、事前に説明会に出ないといけないみたいですよ。説明会は8月6日、午後一時からです。

男：6日か。中村商事との企画会議の予定が入っている日だな。

女：あ、でも、説明会は2回あるみたいです。9日、時間は同じですね。

男：9日も別の予定が入っているなあ。よし、中村商事との約束を変更してもらおう。

女：大丈夫ですか。あそこの企画部長がこの日しか空いてないっていうことで決めた日にちですよ。

男：そうか。じゃあ、やっぱり二回目の説明会に行くことにするか。

質問：男の人は、いつ、説明会に出ますか。

正解：2

20番

母と娘が話しています。薬はいつ飲むのでしょうか。

娘：今日は遠足で一日中バスに乗るから、乗り物酔いの薬飲んでおくよ。

母：まだ早すぎるわ。バスに乗る20分前に飲めって書いてあるもの。

娘：担当先生のお話のときだなあ。一人で水道まで行きにくいよ。

母：効き目は4時間と書いてあるから、今飲んでお昼にまた飲めばいいわ。

娘：帰りは大丈夫だよ。疲れて眠っていると思うから。

質問：薬はいつ飲むのでしょうか。

正解：2

問題3　問題用紙に何も印刷されていません。この問題は、全体としてどんな内容かを聞く問題です。話の前に質問はありません。まず話を聞いてください。それから、質問と選択肢を聞いて、1から4の中から、最もよいものを一つ選んでください。

1番

ラジオのニュースで男の人が話しています。なぜ映画館は営業をやめましたか。

男：50年間さまざまな映画で観客に夢を与えてきた名画座が本日営業を終了することになりました。30年ほど前に、この町には10以上の映画館がありましたが、次第にその数が減り、名画座は町に残った最後の映画館でした。古い映画が見られることで人気がありましたが、この数年は隣の町にできた新しい映画館に客が流れてしまったのです。名画座は本日最後の観客を見送って、長い歴史の幕を閉じることになりました。

質問：なぜ映画館は営業をやめましたか。

1. 映画館が少なくなったからです。
2. 映画が古いからです。
3. 観客が減ったからです。
4. 映画の人気が無くなったからです。

正解：3

2番

喫茶店経営の女の人が話しています。話の内容と合っているものはどれですか。

女：営業時間を早くする店が増えていますね。うちも今まで午前7時に店を開いていたんですが、店が開く前に前から待っていらっしゃるお客様が多くなったため、先月から6時30分にしました。おかげさまで、朝の売り上げは増え続けています。英語学校やスポーツクラブなどでも朝早い時間のクラスが会社員を中心に人気があるそうです。ある作家の本の中に「朝の1時間は夜の3時間に相当する」という言葉がありますし、残業などで帰る時間が不規則になりがち夜よりも、朝のほうが勉強や運動の習慣もつきやすいのでしょう。早起きにはこうした長所がありますから、今後も朝型の生活が快適だと感じる人はますます多くなって、これに応じたサービスもさらに増えるのではないでしょうか。

質問：話の内容と合っているものはどれですか。

1. この店では朝7時に店を開けるようになってから、売り上げが増えた。

2. 早起きにはいい点がたくさんあるので、もっとサービスを増やすべきだ。

3. 朝の3時間は夜の1時間と同じぐらい有効に使える。

4. 朝型生活のいい点が認められ、営業時間を早くするところが増えている。

正解：4

3番

駅の人が話しています。急いでいる人はどうすればいいと言っていますか。

駅員：毎度ご利用いただき、ありがとうございます。お急ぎのところ誠に申し訳ございませんが、ただいま、信号故障のため、JRは上下線とも不通となっております。まもなく運転できると思われますが、当駅から、バスが出ておりますので、お急ぎの方はご利用ください。なお、隣の駅から出ております地下鉄はいつもどおり運転しています。

質問：急いでいる人はどうすればいいと言っていますか。

1. 隣の駅でバスに乗る。

2. 駅で待つ。

3. 駅員に聞く。

4. バスに乗り換える。

正解：4

4番

女の人が話しています。一番人気があるのはどんな商品ですか。

女：最近の電話にはさまざまな機能が付いています。録音するのと、受話器を置いたまま話すことはもちろん、もっとも新しいものでは誰からの電話か言葉で伝えたり、音楽や光を出したりします。それだけでなくいたずら電話がかからないようにしたりする機能があるものもあります。しかし、一番人気があるのはなんといっても、コピーやファックスできる商品です。機能が増えると使用方法がどうしても複雑になりがちです。そのため、機能が少なくても、使いやすい簡単なものがほしいという声も少なくありません。

質問：一番人気があるのはどんな商品ですか。

1. 録音機能のある商品。

2. いたずら電話がかからない機能のある商品。

3. 受話器を置いたまま話せる機能のある商品。

4. コピーやファックス機能のある商品。

正解：4

5番

男の人が話しています。言っていないことは何ですか。

男：今朝、大山駅と山中駅の間で電車が止まったんでびっくりしたよ。しばらくとまってたんだけど、「異常なし」という車内放送があってから動き出したんだ。ずいぶん速度を落として走ったみたい。山中駅に着いたら、乗客は全員下ろされて、次の電車に乗り換え、大事故にならずに、みんな無事でよかったけど学校にはだいぶ遅れちゃったよ。

質問：言っていないことは何ですか。
1. 大山駅と山中駅の間で電車が止まったこと。
2. 電車が速度を落として走ったこと。
3. 待たされて乗客が怒ったこと。
4. 乗客は山中駅で次の電車に乗り換えること。
正解：3

6番

電話サービスで案内しています。案内していないことは何ですか。

女：毎度ありがとうございます。こちらはソミー電気、電話サービスでございます。各係りにおつなぎします。各販売店の営業時間についてのご案内は01、新製品のご紹介と値段については02、使用説明については03、修理については04を押してください。

質問：案内していないことは何ですか。

1. 新製品がいくらか聞く番号。
2. 販売店が開いている時間を聞く番号。
3. 直せるかどうかについて聞く番号。
4. いつ届けてもらえるかについて聞く番号。

正解：4

7番

鈴木さんについての説明で正しいのはどれですか。

男：こちらは、本日からこちらで働くことになった鈴木一郎さんです。鈴木さんは、仕事の傍ら、夜間大学院で電子工学の研究をなさいました。その経験を生かし、こちらで皆さんと新製品の開発をしていただくことに

なりました。

質問：鈴木さんについての説明で正しいのはどれですか。
1. 鈴木さんは、初めて仕事をします。
2. 鈴木さんは、今、勉強しながら研究もしています。
3. 鈴木さんは、今、新製品の開発をしています。
4. 鈴木さんは、仕事と勉強を両立させました。
正解：4

8番

どんな文章がいいと言っていますか。

女：よく「話すように書け」と言われますけど、話すように書いたらどうなるでしょうか。思いつくままに書くので、順序立てておらず、相手がいるので余分な要素も多いのです。そのような文章を読むほうはたまりません。また、文法的に正しくても、全体を読むと何が言いたいのか分からない文も考えものです。論理的な文章構成を心がけるようにしたいものです。

質問：どんな文章がいいと言っていますか。
1. 話すように書いた文章です。
2. 順序立てて書いた文章です。
3. 思いつくままに書いた文章です。

4. 文法的に正しく書いた文章です。

正解：2

9番

恐竜は何をしていたのですか。

男：このほど、中国の西部で、恐竜の成体1匹と子供10匹が密集している化石が発見されました。子供はいずれもほぼ同じ大きさで、腹這いにうずくまっていました。調査チームは、親が子育てをしていた可能性が高いと見ています。これまでにも、巣と見られる化石と卵を抱いた親の化石が発見されたことがありますが、これほどたくさんの子供の恐竜が集まっているところが発見された例は珍しいことです。

質問：恐竜は何をしていたのですか。

1. 子供の恐竜が集まって遊んでいました。
2. 親の恐竜が子供の卵を抱いていました。
3. 子供の恐竜が集まって寝ていました。
4. 親の恐竜が子供を育てていました。

正解：4

10番

何のニュースですか。

男：50歳前後の国家公務員の70パーセント近くが、定年
　　後も60歳前半まで働きたいと考えていることが、総
　　務庁の調査で分かりました。

　　これは、総務庁が、50歳前後の国家公務員1万2000
　　人を対象に調査したものです。それによりますと、定
　　年を迎えた後の60歳代前半の過ごし方について、「働
　　きたい」と答えた人が68%を占め、「生活が苦しけれ
　　ば働く」が25%、「働きたくない」が7%でした。

　　政府は今回の調査結果を参考にしながら、定年後の公
　　務員の再雇用のありかたについて、来年の夏をめどに
　　報告書をまとめることにしています。

質問：何のニュースですか。

1. 公務員の定年後について調査する予定だ、というニュー
　 スです。

2. 定年後も働きたいと考えている公務員が多いことが分
　 かった、というニュースです。

3. 定年後の公務員の再雇用のありかたについて報告書をま
　 とめた、というニュースです。

4. 定年後も70%近くが働いていることが分かった、という
　 ニュースです。

正解：2

11番

男の人は何を言いたいですか。

男：こんにちは。はじめまして。
　　今回の記事を拝読させて頂き、身につまる思いです。
　　最近では「とんでもございません」の表現が市民権を
　　得たとの事で、いささか肩の荷が下りた反面、このよ
　　うな事が世間の風潮に押し流されてしまう事が残念に
　　も思えます。ただ、正しい言葉を使っていても、それが
　　一般的でない場合、「何気取っているの?!」とか「ヘン
　　な言い方…」とか多勢に無勢で正しい用法が通用しない
　　事も悲しい事です。

質問: 男の人は何を言いたいですか。
1.「とんでもございません」は正しい日本語です。
2.「とんでもございません」は正しくない日本語です。
3.「とんでもございません」は変な言い方です。
4.「とんでもございません」は世間に通用しない日本語です。

正解：1

12番

男は中高年夫婦達の関係について意見を述べています。何を言いたいですか。

「新婚ならまだしも、信頼しあっている夫婦は、いちいち言葉を交わさなくってもお互いのことなんてわかり合えているものさ。うちだって、かみさんと外に出かけて2人でぺちゃくちゃ話なんかしない。

電車の中でいい年した男女が親しげにしゃべっているのを見ると、ああ、あの2人怪しいな。熟年不倫かも、なんて思うね。言葉を交さず、心を交わす。長いこと夫婦をやっていると自然とそうなっていく。

かみさんの機嫌とってべらべらしゃべる梶原は、何かやましいことしてるんじゃないかって思われてるかもしれないぞ。かみさんのご機嫌を取り結ぼうとおべんちゃら言う方が、むしろウザイ、というかよけいなお世話だ。

質問：男は中高年夫婦達の関係について意見を述べています。何を言いたいですか。

1. 中高年夫婦は電車の中で親しげに話すべき。
2. 中高年夫婦は新婚夫婦と同じように親しげに話すべき。
3. 中高年夫婦はいつもべたべたしゃべるべき。
4. 中高年夫婦は外出するときあまりしゃべらないほうがいい。

正解：4

13番

男の人は何を言いたいですか。

　私は香水を使いませんが、女性の香水には弱いです。一発でクラッときます。例えば、電車の中などで、いいにおいがすると、容姿が好みかどうかと関係なく、その女性のそばに近寄って行っちゃいます。(ストーカーと思われない程度に気をつけてはいます)。そんないいにおいを漂わせる女性に嫌がられないために、貧乏サラリーマンでも「ここだけ押さえておけ」というおしゃれのポイントも教えてください。島地さんは香水の変わりにシガーの香りがするのでしょうか。僕はいつも酒臭いと言われています。

質問：男の人は何を言いたいですか。

1. 男の人は香水をつけている女性がすきです。
2. 男の人は香水をつけていない女性がすきです。
3. 男の人は女性に好かれるおじゃれのポイントを教えてほしいです。
4. 男の人はいつもストーカーだと思われます。

正解：3

14番

何のニュースですか。

　イギリスの科学誌「ネイチャー」は、福島第一原発の廃炉や汚染除去などの後処理についての記事を掲載し、その中で「封鎖して100年待つしかない」という専門家の意見を紹介しています。記事は福島第一原発の事故について、過去に原発事故の後処理に関わった複数の専門家の見解を掲載しています。このうち、イギリスで1957年に火災事故を起こしたセラフィールド原子力工場の責任者だった科学者は、求められる作業の複雑さから、「施設を封鎖して100年待つしかないだろう」と予測しています。また、アメリカで1979年に起きたスリーマイル島原発事故の処理に関わった専門家は、「原子炉の中を検証するための遠隔操作カメラを設置できるようになるまで3年待たなければならなかった」と指摘。福島第一原発の原子炉は構造上、カメラを入れにくいこともあり、「内部の状況を把握するだけでも相当な準備と時間を要するだろう」と述べています。

質問：何のニュースですか。

1. 福島第一原発の後処理に関して、100年が必要だという研究者がいる。
2. 福島第一原発の後処理に関して、3年が必要だという研究者がいる。

3. 福島第一原発の後処理に関して、日本の新聞に掲載する複数の専門家の意見。
4. 福島第一原発の後処理に関して、イギリスの新聞に掲載する複数の専門家の意見。

正解：4

15番

弘前公園の桜の特徴は何ですか。

　大型連休も半ばですが、国内有数の桜の名所、青森県の弘前公園は2日、桜が満開となりました。青森県弘前市の弘前公園です。弘前市は2日朝から雨が降ったり止んだりのすっきりとしない天気となっていますが、園内にある2600本あまりの桜はまさに今、一番の見頃を迎えています。弘前公園の桜は、りんごの剪定技術を活用することで、このように目の前の低い位置に花があるのが特徴で、訪れた花見客たちを楽しませています。

　震災の影響で、やはり観光客は例年に比べて大幅に少なくなっています。しかし、先月29日には、東北新幹線が全線で運転を再開したこともあり、この3日間で44万人が、ここ弘前公園を訪れていて、少しずつ活気や、元気が戻りつつあります。桜の見頃は今月8日頃まで、大型連休後半も楽しめるということです。

質問：弘前公園の桜の特徴は何ですか。

1. 弘前公園の桜は全国では一番遅く咲きます。
2. 弘前公園の桜は全国では一番有名です。
3. 弘前公園の桜は花の位置が低いです。
4. 弘前公園の桜はリンゴの花と一緒に咲きます。

正解：3

16番

何のニュースですか。

　がれきの撤去が進められ、町の機能が少しずつ回復し始めた岩手県釜石市では、今、「雇用」という深刻な問題が浮かび上がっている。かつての鉄の町・釜石は、新日鉄の規模縮小の危機を積極的な企業誘致で乗り切ってきた。しかしその誘致企業が軒並み津波に晒されおよそ4千人が職を失ったと見られている。市では、浸水地域以外に新たな工業用地を用意し、企業に残存を呼びかけているが苦戦が続いている。一方、地場産業も大きな打撃を受けた。水産加工業を営む小野昭男さんは、今年初めに竣工したばかりの新規工場を津波で破壊され、5億円の借金だけが残された。小野さんは、従業員の9割を断腸の思いで一時解雇、残った機械を修理し細々と事業再開を模索しているが、改修費用などの金策に駆け回る日々が続く。

質問：何のニュースですか。

1. 岩手県の釜石市は積極的に企業誘致をしています。

2. 岩手県の釜石市は地震で地場産業が打撃を受けています。

3. 岩手県の釜石市は地震で雇用問題が深刻になっています。

4. 岩手県の釜石市は地震で資金問題が深刻になっています。

正解：3

17番

女の人が調査の結果を話しています。

女：結婚後に、専業主婦を志向する女性が増えています。国立社会保障・人口問題研究所が、5年置きに調査を実施し、今回は一昨年8月、全国の結婚している女性5700人余りを対象に行われました。今回は、「結婚後は、主婦業に専念すべき」と答えた女性は45%で、5年前より4.9ポイント増えました。10年前の調査から減り続けていた専業主婦志向が増加に転じました。年代別では、特に20代は13ポイント余り増えて、若い世代ほど専業主婦志向が強まっていました。

質問：女の人は何について話していますか。

1.「専業主婦志向」の増加について。

2. 女性の結婚率について。

3. 若い女性の結婚率について。

4. 人口の増加について。

正解：1

18番

先生がレポートについて話しています。

男：今学期のレポートについてお話します。まず枚数です
が、最低6枚は書いてください。紙の大きさは、時々
B5を使う学生がいますが、今度、ぜひA4を使うよう
にしてください。一枚につき、だいたい1500字ぐら
いでしょうか。参考文献を挙げるのも忘れないでくだ
さい。それから、タイトル、名前、クラス順番を書い
た表紙を付けることです。表紙を含めると7枚以上に
なりますね。12日の午後3時までに教務課に提出して
ください。私は13日に学校に来ますが、その時に提
出しても受け取れませんよ。質問がある場合、いつで
も受け付けますから、研究室に来てください。

質問：レポートの提出はどのようにしますか。

1. B5で表紙を入れて6枚以上書き、12日までに提出する。
2. A4で表紙を入れて6枚以上書き、13日までに提出する。
3. A4で表紙を入れて7枚以上書き、13日までに提出する。
4. A4で表紙を入れて7枚以上書き、12日までに提出する。

答案：4

19番

女の人が顔のことについて話しています。

女：私は美人ではありません。ブスです。中学時代はそのせいでいじめに遭いました。ちやほやされるのは可愛い人たちばかりです。人は中身が大事と言うけれど、結局外見なのだと思いました。

その後、高校、学に進学し、友達にも恵まれ、好きな勉強にも打ち込めて、充実した学生生活を送ることができました。でも、心の中では、自分の顔についての劣等感とときどきに闘っていた気がします。

就職後は、大通りできれいな人を見るたびに落ち込み、ストレスを感じるようになりました。結婚した今も同じような状態です。先日、知人が「結局女は顔」ということを話していてとてもショックでした。やはり女は中身ではなく外見だけなのでしょうか。

劣等感を抱えて生きるのが嫌になりました。自分を好きなりたいし、自信が欲しいです。

質問：女の人は何で悩んでいますか。

1. 知人の「結局女は顔」という話で悩んでいます。
2. この女の人はいじめに遭ったことで悩んでいます。
3. 仕事のことで悩んでいます。
4. 自分の美しくない外見で悩んでいます。

正解：4

20番

男の人が睡眠について話しています。

男：睡眠は体と脳を休ませるために不可欠なものですが、いったい何時間ぐらい寝ればいいのでしょうか。実は適正な睡眠時間は人によって異なるのです。7時間が適当な人もいれば、8時間でも足りないと感じる人もいます。ふだん7時間の睡眠を習慣にしている人が疲れているから、早く休もうといつもよりも早くベッドに入ったりしてもなかなか寝付けず、かえって、疲れるというようなことが起こります。いい睡眠を取るためには、自分にとっての適正な時間以上ベッドに入らないことが大切なのです。それで、寝足りないと感じる場合は、20分ぐらいの昼寝をおすすめします。

質問：話の内容と合っているのはどれですか。

1. 必要な睡眠時間には個人差がある。
2. 昼寝をすると、夜眠れなくなる。
3. 長く寝れば寝るほど体と脳の疲れが取れる。
4. 人間にとって、8時間ぐらいが適正な睡眠時間だ。

正解：1

21番

女の人が話しています。

女：中国では、今、科学離れが進んでいます。科学は本来、生活に直接にかかわるもののはずなのに、子供たちは科学が自分の生活や将来の仕事にとって重要だと考えていないようです。これは大変問題だと思います。ゲームなど、身の回りに楽しいことがあふれている子供たちが、科学に関心を持つようにするにはどうしたらいいのでしょうか。できるだけ早く、小学校に入る前から科学教育を始めた方がいいと言う人もいますが、必ずしもそれは重要ではありません。教育のやり方の問題で、知識を与えるだけではなく、科学的思考が身につくような、楽しい学習環境を作るべきです。

質問：科学について女の人の意見はどれですか。

1. 子供たちは科学が自分の将来の生活に重要だと考えています。
2. 教育のやり方で子供たちに科学に関心を持たせるべきです。
3. 科学教育で重要なのは、正確な知識を与えることです。
4. できるだけ早く子供たちに科学に関心を持たせるようにするべきです。

正解：2

第四章　即時応答

問題4　問題用紙に何も印刷されていません。まず文を聞いてください。それから、それに対する返事を聞いて、1から3の中から、最もよいものを一つ選んでください。

1番

女：今日、カラオケ行く？

男：うん、今日も歌いまくるぞ。

女：＿＿＿＿＿＿

1. あまり歌いたくないみたいね。
2. 1曲でもいいから歌ってね。
3. いったい何曲歌うつもりなの。
4. 1曲しか歌わないつもりなの。

正解：3

2番

男1：いつもラジオをつけているんだね。

男2：うん、聞くともなく聞いているだけだよ。

男1：＿＿＿＿＿＿

1. 聞きたい番組があるんだね。
2. その番組がすきなんだね。
3. そんなに聞きたいわけじゃないんだね。
4. 何も聞きたくないんだね。

正解：3

3番

女1：ね、彼また詐欺にひっかかったって。
女2：またなの？
女1：人がいいって言うか、ばかって言うか。
女2：＿＿＿＿＿＿
1. いい人よね。
2. 本当にこまったもんね。
3. ばかばかしいね。
4. 彼は頭がいいよ。

正解：2

4番

男：本当に喜びを分かち合える人こそ、真の友人ではあるまいかと、私は思っております。
女：＿＿＿＿＿＿
1. そうですね、そんな人は友人ではないでしょう。

2. そうです。そんな人こそ真の友人です。

3. そうですか、そんな人がいましたか。

4. そうですか、友人がいないんですか。

正解：2

5番

男：いつの間にかコートが欠かせない季節になりましたね。

女：そうですね。＿＿＿＿＿＿＿

1. まだまだ暑いですからね。

2. 朝夕肌寒く感じますからね。

3. まだ、シャツでいいですね。

4. コートは全然必要ないですね。

正解：2

6番

社長：わが社が大企業と競争する手段は、技術力をおいて
　　　ほかにはないんだ。

部長：おっしゃるとおりです。＿＿＿＿＿＿＿

1. 技術はさておき営業に力をいれたほうがいい。

2. 優秀な技術者を育てなければなりませんね。

3. 技術力のある企業が一番ですね。

4. 他の競争手段もあるから、考えましょう。

正解：2

7番

男：今、マスコミで話題になっている新進画家山田さんの個展を見に行って見たんだけど、その作品たるや。

女：どうだったの？

男：＿＿＿＿＿＿

1. 自画像や人物画が多かったよ。
2. 芸術画が多かったよ。
3. 新しいものと古いものがあったよ。
4. 見るに耐えないものばかりだったよ。

正解：4

8番

男：わが社は、経営コンサルタント会社として、常にお客様の一番のビジネスパートナーたらんとし、努力いたしております。

女：そうですか、＿＿＿＿＿＿

1. それは心強いですね。
2. すべきことはありませんね。
3. うまいことは言いますね。
4. 見下げたもんですね。

正解：1

9番

男：先週のあの映画見た？

女：うん、評判ほどじゃないよ、なまじ前評判がよかった
　　もんだから、＿＿＿＿＿＿＿＿

1. 期待しても無意味だった。

2. 期待しすぎたのかな。

3. 期待通りだった。

4. 期待しなかったんだ。

正解：2

10番

男：地域によって水質の汚染状況は、著しく程度を異にす
　　るらしいよ。

女：では、やはり＿＿＿＿＿＿＿＿

1. 別々に対策を検討するしかないだろう。

2. 別々に対策を検討する必要はない。

3. 前の対策を使おう。

4. 原因はどこも似かよっていたんですね。

正解：1

11番

男：昨日、送別会で一晩中のみまくったよ。

女：＿＿＿＿＿＿＿

1. あんまり飲まなかったのね。
2. だから二日酔いなのね。
3. のみまくったってだれ。
4. それじゃ二日酔いにならないね。

正解：2

12番

男：電車の中で宿題をしていたら、揺れて何度も字を書き
損なっちゃった。

女：それじゃあ、＿＿＿＿＿＿＿

1. 電車のなかが何でもできるよね。
2. 早く出せばいいよ。
3. 綺麗にかけてよかったね。
4. 書き直したほうがいいよ。

正解：4

13番

男：田中さんはネイティブなみの発音で英語を話すよね

女：うん、＿＿＿＿＿＿＿＿

1. 発音は綺麗かな。
2. 顔を見なければ外国人かと思ってしまうよ。
3. 英語はあまり得意じゃないよね。
4. ネイティブのようになるには、練習しなくちゃ。

正解：2

14番

母：お化粧なんかして、大人ぶるのやめなさい。

娘：いいでしょう、しても。みんなやってるよ。

母：何、言っているの、＿＿＿＿＿＿＿＿

1. 大人っぽくないでしょう。
2. 子供らしいでしょう。
3. まだ中学生でしょう。
4. もう高校生なのに。

正解：3

15番

男：最近、都会の子供の睡眠時間が短くなったとの報告が
　　ありますね。

女：都会の生活では、＿＿＿＿＿＿無理からぬことですよ。

1. 子供が十分睡眠時間を取るのも
2. 子供が十分睡眠時間を取れないのも
3. 子供が早く寝てしまうのも
4. 子供が早く起きたがるのも

正解：2

16番

男：また、区役所のパソコンから個人情報が漏れたらしい
　　な。

女：＿＿＿＿＿＿個人情報が漏れるって、不安よね。

1. 一度ならまだしも、たまにしか
2. 一度ならまだしも、一度
3. 一度ならまだしも、全然
4. 一度ならまだしも、何回も

正解：4

17番

男：昨日のパーティーで珍しいお酒が出されて、珍しいからちょっと飲んでみたんだけど、今日は頭がガンガンするよ。

女：やはり、飲みつけないものは ＿＿＿＿＿＿＿

1. 飲んでみたほうが良いよ。
2. 飲むわけはないね。
3. 飲まざるを得ないね。
4. 飲むべきじゃないね。

正解：4

18番

男：俺、就職決まったし、宝くじには当たるし、彼女もできた。

女：＿＿＿＿＿＿＿

1. つきそこなっている。
2. つきぶっている。
3. つきじみている。
4. つきまくっている。

正解：4

19番

男：日本の将来は、構造改革が成功するか否かにかかって
　　いますよね。

女：そうですね、＿＿＿＿＿＿＿＿

1. 成功しても変わらないでしょうね。
2. あまり関係ないですね。
3. 成功を期待してはだめね。
4. ぜひ成功してほしいね。

正解：4

20番

男：この話を鈴木さんに言ったら、社内に知れ渡ってて
　　さ、まいったよ。

女：＿＿＿＿＿＿＿＿

1. 鈴木さんなんて、口が悪いよ。
2. 鈴木さんなんて、口が軽いよ。
3. 鈴木さんなんて、口が重いよ。
4. 鈴木さんなんて、口が広いよ。

正解：2

21番

男：ほら、あの人が新しい課長ですよ。

女：＿＿＿＿＿＿＿

1. 課長にもかかわらず貫禄がありませんね。
2. 課長にしては貫禄がありませんね。
3. 課長にしてはなかなかの貫禄ですね。
4. 課長ともなると、貫禄がありますね。

正解：3

22番

女：彼は歴代の大臣の中でも優秀なほうよね。

男：＿＿＿＿＿＿＿

1. そうだね、これといった取り柄がないからね。
2. そうだね、ささいな事件で右往左往するからね。
3. そうだね、酒癖が悪いのが玉に瑕だけど。
4. そうだね、うじうじするところが多いからね。

正解：3

23番

女：上田さんも懲りない人ですね、また、やっちゃったらしいわよ。

男：＿＿＿＿＿＿＿＿

1. うん、物を覚えさせればいいだよ。

2. うん、好きこそ物の上手なれだよ。

3. うん、鉄は熱いうちに打てというからね。

4. うん、お灸を据えないとだめだね。

正解：4

24番

男：来月中国に転勤だなんて寝耳に水だよ。

女：＿＿＿＿＿＿＿

1. 予想通りだね。

2. 急すぎるわね。

3. 最初から決まっていたものね。

4. 喜んでいく。

正解：2

25番

男：うちの課長ったら、よく毎日自慢話ばかりできるよね。

女：＿＿＿＿＿＿＿

1. まったく、耳にたこができちゃうよ。

2. まったく、耳年増だねえ。

3. まったく、馬の耳に念仏だよ。

4. まったく、耳年寄りだねえ。

正解：1

26番

男：鬼の教授も娘だけは目に入れても痛くないって。

女：_____

1. そうですか、自分の子供にも厳しいのかな。

2. そうですね、可愛くってたまらないんだね。

3. そうですか、他人には優しいのに。

4. そうですね、他人には厳しいのに。

正解：2

27番

男：これから二人三脚で難局を乗り切ろう。

女：_____

1. 私にも何かさせて。

2. どういたしまして。

3. ええ、がんばるわ。

4. ちょっと多いかな。

正解：3

28番

男：あいつは前から反りが合わないんだよね。

女：＿＿＿＿＿＿

1. 2人とも頑固すぎだからじゃない。
2. 2人ともやさしすぎだからじゃない。
3. うらやましいわ。
4. 男同士なのに夫婦みたいね。

正解：1

29番

男：教鞭をとられていたことがあるそうですね。

女：＿＿＿＿＿＿

1. ええ、小さい工場を経営していました。
2. ええ、歌手になるのが夢でした。
3. ええ、3年間高校の教師をしていました。
4. ええ、3年間高校に通いました。

正解：3

30番

男：今日、社長から「皆さんの並々ならぬ努力で」って言われた瞬間、涙が出たよ。

女：＿＿＿＿＿＿

1. 私も結構傷ついたなあ。

2. だめなものはだめよね。

3. 私もこの言葉に報われたわ。

4. 私もこの言葉に賛成しますわ。

正解：3

31番

男：あーあ、今日は、お客さんからの苦情が多くて、仕事
　　にな)らなかったよ。

女：＿＿＿＿＿＿

1. いい仕事、できてよかったね。

2. 仕事なくて大変だったね。

3. お疲れ様、ゆっくり休んで。

4. ええ、嬉しかった。

答案：3

32番

男：この書類にはんこをお願いします。

女：＿＿＿＿＿＿

1. 後で作るからそこに置いといて。

2. 後で書くからそこに置いといて。

3. 後で押すからそこに置いといて。

4. 後で写すからそこに置いといて。

正解：3

33番

男：あれ、田中さんは今日休みですか。

女：＿＿＿＿＿＿＿

1. 一度来たんですけど、転勤しました。

2. 一度来たんですけど、遅刻しました。

3. 一度来たんですけど、早退しました。

4. 一度来たんですけど、転職しました。

正解：3

34番

男：木村さん、昨日のお見合いのこと何か言ってた？

女：＿＿＿＿＿＿＿

1. なんか、まんざらでもないみたいよ。

2. なんか、ひたすらでもないみたいよ。

3. なんか、すかさずでもないみたいよ。

4. なんか、とんでもないみたいよ。

正解：1

35番

男：彼、ほんとはやりたくなかったんじゃない？

女：＿＿＿＿＿＿

1. そうね。こつこつって感じだったわね。
2. そうね。くよくよって感じだったわね。
3. そうね。しぶしぶって感じだったわね。
4. そうね。つるつるって感じだったわね。

正解：3

36番

男：この新商品、女性が開発したんだって。

女：＿＿＿＿＿＿

1. やはり女性にはできない発想があるわね。
2. やはり女性には思いつかない発想があるわね。
3. やはり女性ならではの発想があるわね。
4. やはり女性が強いわね。

正解：3

37番

男：メールだと味気ないかな？

女：＿＿＿＿＿＿

1. うん、ほんとに便利だね。
2. うん、はっきり伝えるべきよ。
3. うん、直筆の手紙の方がいいんじゃない。
4. うん、直筆の手紙の方がよくないじゃない。

正解：3

38番

男：教鞭をとられていたことがあるそうですね。

女：＿＿＿＿＿＿

1. ええ、5年間中学校の教師をしていました。
2. ええ、小さい工場を経営していました。
3. ええ、歌手を教えるのが夢でした。
4. ええ、議員になったこともあります。

正解：1

39番

男：なかなかレポートが書けないんですが。

女：＿＿＿＿＿＿

1. まず、書きたいことを清書してみたら。
2. まず、書きたいことを箇条書にしてみたら。
3. まず、書きたいことを落書きしてみたら。
4. まず、書きたいことをまとめてみたら。

正解：2

40番

男：この仕事、「男女は問わず」って書いてあるよ。

女：_____

1. ああ、私は女だから無理ね。
2. へえ、そんな制限があるの。
3. じゃあ、私、応募してみようかしら。
4. じゃあ、君は無理だよね。

正解：3

第五章　総合理解

問題5　長めの話を聞きます。この問題には練習はありません。

メモをとってもかまいません。問題用紙に何も印刷されていません。まず話を聞いてください。それから、質問と選択肢を聞いて、1から4の中から、最もよいものを一つ選んでください。

1番

先輩と後輩たちは仕事のことについて話しています。

男1：二人ともなんか元気がないなあ。体の具合でも悪いの？

　女：ううん。この間会社で新しい企画に取りかかっているんだけど、なかなかスムーズに進まなくて…

男2：僕も仕事のことでちょっと…

男1：そっか。同じ会社だからね、麻衣子さんは毎日残業だって言ってたね。

　女：残業は平気。それより、一緒に組んでる人がちょっとね…

男1：ちゃんと仕事しないの？

女：そうなの。分担した仕事は全然期日を守らないし、ミスは全部私のせいにするし。

男2：ああ、あの人は確かなあ。

男1：じゃあ上司に相談してみたら？

女：告げ口なんてできないわ。

男1：告げ口じゃないよ。仕事なんだから、報告する義務があると思うよ。

男2：その通り、部長に報告しよう。

女：そうかなあ。

男1：仕事の効率が悪いと、会社にとっても不利益なんじゃない？

女：うん。分かった。明日課長に相談してみるわ。

質問：女の人は何に悩んでいますか。

正解：3

2番

友達3人がトリのことについて話しています。

女：ワシやタカなど肉を食べる鳥がいますね。

男1：ええ。

女：その鳥がどうやってえさをみつけるか、実験しました。

男1：どんなやり方で実験したんですか？

男2：そうそう、どういう実験なのか。最近ちょっとトリに興味を持ってるんだけど。

女：透明のビニール袋入れた肉と、新聞紙に包んだ肉、これは肉汁が外まで染みています。それからプラスチックで作った肉を並べて、鳥を放しました。

男1：どうなりました？

男2：僕は当ててみる。最初は透明のビニールだろう、ワシの目がいいから。

女：うん、ちょっと違うかな。最初はプラスチックの肉に飛び付きました。それが食べられないと知って、ビニール袋の肉に飛び付きました。紙で包んだ肉には全然見向きもしませんでした。

男2：なるほど。

男1：うちの犬は、缶詰を開けると、その音を聞いて飛んできますけどね。

質問：鳥はどうやってえさを見つけるのでしょう。

正解：1

3番

先生と生徒たちは物価のことについて話しています。

生徒1：先生、テレビで大企業の労使交渉の様子を見ていると、労働組合側がそんなに高い要求を出してい

ないように見えたんですが、実際にはどうなんでしょうか。

先生：今どんどん物価が下がっていますね。物価が下がっているということは、その企業の製品も安くなっているということです。収益が落ちているのに賃金だけ高くなれば、経営を圧迫しかねません。

生徒2：賃金アップのために最後まで戦うという社員はいないんですか。

先生：以前はいたでしょうね。しかし、今の労使関係は敵味方じゃないんです。

生徒2：そうなんですか。

先生：高い賃金を企業側が認めた場合、次の新規採用を控える事も考えられますね。そうなると、就職活動をしている学生や失業者に雇用の機会がなくなる可能性も出て来ます。

生徒1：ちょっとずるいじゃないですか。

生徒2：そうですね、それは困ります。

先生：そうですよね。特に大企業は日本全体の雇用情勢に影響を与えるので、労使ともに慎重にならざるを得ないんです。

質問：物価が下がるとどうなりますか。
正解：3

4番

インタビューで経営者は中古本事業について話しています。

女：本日はお忙しい中、取材にご協力下さり、ありがとう
　　ございます。

男：いいえ。

女：早速ですが、書店最大手の御社が中古本事業に参入す
　　ることに決めた理由を教えていただけますか。

男：はい。ずばり不景気で高い本が売れなくなったことが
　　理由です。

女：確かに不景気ですね。私も以前に比べて本の購入数が
　　減っています。

男：ですよね!?

女：あ、すみません。でも、中古本は安いので、消費者に
　　はうれしいですが、書店にとってはあまり利益になら
　　ないような気がするんですが。

男：実は利益率は新刊より高いんですよ。

女：そうなんですか。

男：中古本は新刊時点の1割の価格で買い取って5割で販
　　売しますので、利益率は80%です。

女：1割で買い取って5割で販売ですか。

男：そうです。新刊の場合、利益率は20%程度ですから、
　　販売価格が高くても書店に入る分は大して多くありま
　　せん。

女：なるほど。

質問：男の人の話から、新刊時点の価格が1000円の本の
　　　場合、いくらで買い取っていくらで販売しますか。
正解：2

5番

インタビューで経営コンサルタントは食品スーパーの経営
について話します。

女1：本日は経営コンサルタントの池田さんにお越しいた
　　　だきました。よろしくお願い致します。

女2：よろしくお願いします。

　男：こちらこそ。

女1：早速ですが、最近の食品スーパーは勝ち組と負け組
　　　のどちらかだと聞きましたが、実際はどうなんで
　　　しょうか。

　男：その情報は正しいです。

女2：どこで明暗が分かれるんでしょうか。立地条件は関
　　　係ありますか。

　男：もちろん関係あります。ただ、それが全てではあり
　　　ません。交通の便が悪い所でも、毎日お客さんであ
　　　ふれている食品スーパーもあります。

女1：そうですか。勝ち組はたとえばどのようなことをし

ているんでしょうか。

男：ある店は全ての冷凍食品を常に40%引きで販売して
　　います。冷凍食品は保存がききますから、客は車で
　　行ってまとめ買いするんです。

女2：そんなに安くして儲けになりますか。

男：冷凍食品は採算を度外視して売っているんです。あ
　　くまでも客寄せと競合店にダメージを与えることが
　　目的です。

女2：それは厳しいですね。

女1：熾烈な戦いですね。

男：もちろんです。食うか食われるかですから。

質問：会話の内容と合っているのはどれですか。

正解：4

6番

「 計画を立ててから行動する 」

　基本中の基本でありながら、最強の段取り術です。それ
くらい当たり前だと思う人でも、いま一度、強く意識した
いことです。なぜ計画を立てるのかというと、仕事の無駄
を減らし、スムーズに進めるためです。計画を立てるのが
どんなに面倒でも、その損失はあとから十二分に取り返す
ことができます。わずかな手間をかけることで、何倍もの

恩恵をあとで受けることができるのですから、しなければ損です。もし計画を立てないでいきなり行動すると、どうなるでしょうか。考えずにいきなり行動するわけですから、意外な出来事や想定外にあたふたしてしまい、トラブルやミスを増やしてしまうことでしょう。そのリカバリーのために、余計な手間と時間をかけてしまうことになるのです。計画を立てないほうが、むしろ余計に時間がかかるというありさま。行動をする前には計画を立てるという余分な手間が、実は1番手間がかからないのです。計画を立てることで、最小限努力による最大効果を発揮することができるようになるのです。

質問1：行動する前に、計画を立てる理由は何でしょうか。
質問2：行動をする前に計画を立てることについて、どう思われたのでしょうか。
正解：3；2

7番

恋愛力とは、行動力のこと。

　恋愛力の正体とは、なにかご存じですか。

　いろいろな答えが返ってきそうですね。意外な答えかもしれませんが「恋愛力とは行動力」を意味します。行動力のある人こそ恋愛力のある人だと言うことができ、また恋

愛力のある人には決まって行動力があると言えます。あなたのまわりで恋愛をしている人を当てはめてみれば、わかりやすいのではないでしょうか。付き合っている人たちは、必ず、気持ちを伝えるために「行動」をしています。告白をして、デートをしたり、一緒に買いものに出掛けたり、記念日のプレゼントを買いに行ったりです。具体的な行動力があるはずです。たくさん行動できると、その分たくさん深い恋愛ができるということなのです。特に「歩くのが大好き」という人は、恋愛を上手にできる素質をもっています。

　デートをしたり、好きな人のためにプレゼントを買いに行ったりと、意外と歩くものなのです。その行動力は知らず知らずの間に、お付き合いによい影響を与えます。私はつい先日、彼をバス停まで見送りに行きました。普段、見送るところよりも、さらに彼の家に近いところまで見送りに行ったのです。思った以上に彼が喜んでくれたことが印象的でした。

質問1：恋愛の正体は何でしょうか。
質問2：どうして「歩くのが大好き」な人は恋愛がうまくできるといえるのでしょうか。
正解：4；4

8番

仕事をスムーズに進めるキーワードは「3」

　仕事ができる人が最も好む数字は「3」です。3という数字は、仕事の効率を最も上げる最適な数字だからです。多すぎず少なすぎず、人間にとって最も受け入れられやすい数字です。例えば、上司にある提案があって話しかけるとしましょう。そのとき「3分ほどお時間いただいてもよろしいでしょうか」と言って話しかけましょう。1分間では話をまとめにくいですし、5分間は少し長いと感じます。そして話をするときにも説得力を上げるため「理由は3つあります」と言って、説得力を上げてください。「返事は3日以内がうれしい」とお願いをすればいいでしょう。もちろん提案の内容にもよりますが、3日間が長すぎず短すぎないちょうどよい期間です。さらに、電話のときも同様です。電話が鳴れば、3コール以内で取るようにしましょう。通話時間も3分以内でまとめるようにすればいい。相手がちょっと休憩などで不在であれば「30分後にまた連絡します」としましょう。抱える仕事も最大3つまでです。3つ以上も仕事を抱えてしまうと、量が多すぎて仕事の品質が低下するばかりか、ミスもしやすくなります。3つ以上、仕事を抱えそうになれば、ほかの人にお願いするなどすればいいでしょう。重要なお客さまを訪問する際は、3人で向かうのが最適です。1人だと説得力が弱く、5

人は大勢すぎます。3人くらいがちょうどいい。3人が交互に話をすると、違った角度から話を進めることもでき、説得力があるため話をまとめやすくなります。

質問1：「3」という数字のすばらしさに関して、いくつの例を通して説明したのでしょうか。
質問2：重要なお客様の訪問について、もっとも正しい言い方はどれでしょうか。
正解：1；2

9番

声が聞きたいという理由だけで、電話をしてもいい。

　好きな人に電話をするときは、どのようなときですか。「暇だから電話した」「なんとなく電話した」などよく耳にするせりふですが、あまりよくありません。「暇」や「なんとなく」という理由で電話をされると、相手は暇つぶしの対象になっているように感じるからです。軽く扱われているような印象を受けます。状況によっては、仲を深めるどころか、悪くなることさえあるでしょう。かといって好きな人に、用事があって電話することも、そうあるものではありません。用事があるときだけ電話をするのであれば、電話の回数は限られます。ではこういうとき、どのような理由で電話をすればいいのか。「声が聞きたいから」

という理由で電話をしましょう。これは立派な用事です。「声が聞きたい」というのは、恋人同士で交わされることが多いせりふですね。愛情が感じられるせりふを、意図的に使うのです。相手も自分が必要とされていることが感じられるので、悪い気はしません。「好きです」と直接伝えているわけではありませんが、暗に「あなたのことが好きなんです」と伝えることができるのです。

質問1：好きな人に電話する理由の中で、一番いいのはどれでしょうか。
質問2：「声が聞きたい」といったセリフはどうしていいと思われたのでしょうか。
正解：4；3

10番

ラフな格好で告白すると、冗談なのかと誤解されやすくなる。

　告白するときには、服装が重要です。たかが服装とあなどってはいけません。服装によって、告白の成功率に大きな変化があります。例えば「好きです。付き合ってください」と告白するシチュエーションをイメージしてみてください。ラフな格好で言われるのと、スーツ姿で言われるのとでは、気持ちの伝わり方が全然違いますね。ラフな格好

で告白すると、告白の言葉までラフに聞こえてきます。軽い気持ちで、冗談半分で言っているのだろうと誤解されることがありうるのです。そういうつもりはなくても、そう思われる可能性が高い。逆に、スーツ姿で告白すると、きちんとした印象を受けますね。まじめで本気になっていることが伝わってきます。つたない告白の言葉でも、スーツ姿であれば、いい感じになります。シワひとつないスーツ姿の威力は、絶大です。もてる人の告白というのは、スーツ姿が定番になっています。服装というのは、とても大切です。本当に好きだという気持ちを伝えるために、告白するときの服装にも工夫を凝らしてください。学生であれば、学生服でもかまいません。社会人であれば、スーツ姿がいいでしょう。

質問1：ラフな服で告白するとき、どんな結果だと予測できるのでしょうか。

質問2：学生さんは好きな人に告白するとき、どんな服でいいと考えているのでしょうか。

正解：1；3

11番

言語と文化の関係について教えてください。

　人間が思考する際、言葉すなわち概念を必ず介します。

つまり、どのような言葉のレパートリーを持っているかによって、思考の枠組み、世界観が変わってきます。たとえば、私たちが「白」と呼んでいるものを、イヌイットの人たちが何種類もの細かな色に呼び分けているという話は有名です。これは、イヌイットの生活や文化においては、氷や雪の色を細かく区別する必要があり、だからこそ、それぞれの色に対応した言葉が用いられている、ということです。さらに言えば、言葉に変更を加えることで、思考の変革も期待できます。差別用語を使うべきではない、という考え方の人は、差別用語の使用と差別的な思考とが、表裏一体なので、差別用語の禁止でもって、差別的思考も廃絶できるのではないかと、考えているわけです。「看護婦」を「看護師」と呼ぶことで、看護するのは女性という先入観をなくそうという最近の試みは、ご存じだと思います。

質問1：イヌイットの人たちは「白」を細かく呼び分ける理由は何でしょうか。
質問2：「看護婦」を「看護師」に呼ぶことにより、どんなことがいえるのでしょうか。
正解：2；4

12番

いつ頃から美男美女を外観で判断するようになりました
か。

　古代ギリシャ哲学では、「美しいものには真実が宿る」
といわれていたそうですから、およそ人類に記録が残る範
囲であればその時代から既に美男、美女という感覚はあっ
たと思います。こういうことをいうと怒られますが、障害
によって相貌に影響が出ることがあります。こんなことを
言うとますます怒られますが、ダウン症なんかそうですよ
ね。美男、美女の基準はシンメトリーつまり対称性にある
そうです。別に相貌に限らず、芸術作品でも左右対称のも
のは美しく感じますよね。例えば、インドのタージ・マハ
ルはシンメトリーの美しさの典型といわれています。

　ではなぜ対称のものが美しく感じるかというと、つまり
健康で問題がないことのある種の証明になるからではない
かといわれています。ただし、実際には人間の顔は左右は
対称ではなく、ちょっと崩れています。現代と昔の最大の
違いは情報の量と速度です。昔は写真もなく、さらにはほ
とんどの人は自分の住む村からせいぜい隣村に行く程度の
行動範囲で生涯を終えました。そういう状況からすると、
村で一番の美女が生涯最高の美女だったりするわけです。
私の高校は、男子と女子の比率が8：2くらいで、Uさんと
いう子がとても可愛いと学年一の大人気でした。でも、卒

業してみるとUさんて「普通」なんです。ま、ブスじゃないけど有難がるほど可愛い子でもなかった。でも、極端に女の子が少ない状況だとその中の一番でもすんげー可愛く見えるんですね。

質問1：インドのタージ・マハルがシンメトリーの美しさの典型といわれる理由はなんでしょうか。
質問2：「美」と「情報量」との関係について、もっともいい説明はどれでしょうか。
正解：2；1

13番

低出産、低就職を改善してこそ先進国入り可能。

　経済協力開発機構（OECD）が先月30日、韓国の家族政策が加盟国のうち最悪だと評価した。合計特殊出生率は1.15人で34加盟国のうち最も低く、女性の就職率も28位にとどまった。政府の育児支援も加盟国平均の4分の1にすぎないという。国内調査の結果もこれと大きく変わらない。先日発表された韓国女性政策研究院の調査でも、韓国の家族支出はOECD加盟国のうち最も低かった。国内総生産（GDP）と対比した家族支援政策の政府支出比率は、フランスや英国など大半の先進国が3％を超えるが、韓国はわずか0.57％だった。これは昨今の問題ではない。こうし

た状況が依然として改善されない点、大きな変化がない限り先進国になれないという点に問題の深刻性がある。世界最低出生率の国で経済活力を期待すること自体が話にならない。また女性就職率が低ければ国民所得を高めるのも容易ではない。女性就職率が1%上がれば、1人当たりの国民所得も1%高まるという研究結果もある。先進国が高出生率ー高就職率であるのにはそれなりの理由がある。

　韓国が低出生率ー低就職率であるのにももちろん理由がある。女性が働きながら子どもを産んで育てるのが不可能だといっても過言でないからだ。特に世界最長の勤労時間が障害だ。「ワーキングマザー」に対する偏見も問題だ。仕事を軽視して育児ばかり気にすると非難し、女性職員2人が同時に妊娠するのを避けさせる職場風土では仕事を続けられない。女性が結婚を避けて出産をためらうのは当然だ。30代女性の就職率がOECD加盟国で最も低いのもこのためだ。育児と並行するのが難しいからだ。

　女性が仕事と育児、職場と家庭を両立できるように支援する道しかない。何よりも勤労時間を減らし、家庭で過ごす時間とのバランスが重要だ。在宅勤務や時差出退勤制など柔軟勤務制も活性化する必要がある。ワーキングマザーが安心して任せられる保育施設の拡充は言うまでもない。さらに手遅れとなる前に政府と企業が本気で努力しなければならない。

質問１：韓国の低出産率・低就職率になった理由はいくつ挙げられたのでしょうか。

質問２：出産率と就職率との関係について、もっとも正しいのはどれでしょうか。

正解：2；3

14番

電力不足対策企業、家庭の協力不可欠。

　東日本大震災や東京電力福島第１原発事故に伴う電力不足は需要が高まる夏にヤマ場を迎える。これをいかに乗り越えるかが重要な課題となっている。

　夏場は東北電力管内で最大330万キロワット、東京電力管内で1500万キロワットの電力不足が生じると想定される。そのため政府は、企業や家庭での電力使用の削減目標を、昨年比で15％程度とする予定だ。併せて、火力発電所の復旧を急ぐなどして供給力の引き上げを図る。節電対策は十分に練ってもらいたい。東京電力が今春、大停電回避のために首都圏で実施した計画停電では、通勤や通学など生活に大きな混乱が生じた。緊急性が高くやむを得ない措置とはいえ、準備が足りないままの見切り発車では、国民の理解を得られない。

　今夏、昨年のような猛暑に見舞われる可能性もある。その際、エアコン使用をどれだけ抑制できるかも不透明だ。

さまざまな事態を想定しながら、皆が協力しやすく、なおかつ効果の上がる取り組みが求められる。

　県は6月上旬にも、県内の企業や家庭に呼び掛けて大規模な節電実験を行う予定だ。新潟県が4月に実施した例を参考にする。新潟では工場が製造を一部停止したり、スーパーや商店街が空調や照明の使用を抑えるなどした結果、電力使用量が昨年より17%削減されたという。

　節電効果を見極め、夏場の対策に生かすためには有効な試みだろう。実施の際は、できるだけ多くの県民が協力することを望みたい。

　企業はさまざまな対策を打ち出している。自動車メーカーは平日に休業日を設け、電力消費の少ない土日に工場を稼働させる方針だ。半導体メーカーでは、この連休中も工場を稼働させているところが多い。電力不足に備え、今のうち在庫を積み上げておく狙いがある。夏に備え、企業が知恵を絞っているのは心強い。家庭でも何ができるか、いま一度確かめておくべきだろう。照明を小まめに消したり、電気機器を使わない時はコンセントを抜いたりすることは、有効な節電対策だ。エアコンは設定温度を1度上げるだけで大きな節電効果が見込まれる。掃除や洗濯を、電力需要が比較的少ない早朝や夜間に行うことも勧めたい。私たちができることはたくさんある。一つ一つは小さなことでも、皆で取り組めば大きな効果を生む。節電でそのことを証明しよう。

質問1：夏場、東京電力と東北電力を合わせてどのぐらいの
　　　　電力が不足になるかと予測されたのでしょうか。
質問2：夏場、家庭での節電対策について、いくつ挙げ
　　　　られたのでしょうか。
正解：3；3

15番

高めたい思考、表現力記事読み比べなど力に。

　新年度から小学校の教育課程は、新学習指導要領に基づ
いて実施されています。今回の改定において、核といえる
ものは各教科書における言語活動の充実です。この言語活
動の充実をうけ、小学5、6年の国語では「読む力」を育
てるための指導事項として、「本や文章を読んで考えたこ
とを発表し合い、自分の考えを広げたり深めたりするこ
と」などが挙げられ、その方法の一つに「編集の仕方や記
事の書き方に注意して新聞を読むこと」と記され新聞の活
用が出てきます。中学校の全面実施は来年度からですが、
やはり中学2、3年の国語で新聞が例示されています。国
語科で言語活動を充実するために新聞を活用するように読
めますが、決してそうではありません。言語活動の充実
は、全教科において求められています。
　新聞が社会の現実を伝えている以上、記事や社説、4コ
マ漫画、広告に至るまで新聞は社会科の学習の材料となり

ます。これまでにも、メディアを取り扱う学習はありました。しかし、情報産業に従事している人々の工夫や努力から、情報化社会と国民生活との関連に中心が移りました。その結果、情報の吟味などを考えるメディアリテラシーの育成も言語力の充実の一つとなります。

　中学生にお勧めしたいのは社説を読むことです。余裕があれば数社の読み比べをしてみると、社会の見方がより広まります。小学校段階では、見出しを見るだけでも力はつきます。高学年ならリード文も眺めてみましょう。「てにをは」のつけ方だけからも新聞社の判断を吟味・解釈することができます。最近のニュースでは、2月6日の新聞の大相撲を扱った一面の見出しに、A新聞は「春場所中止」、B新聞は「春場所中止へ」と書かれていました。縦書きか、横書きか。どのように強調しているか。新聞社なりの判断が伺えます。「へ」という一文字をつけるかどうかを悩んだ新聞社の思いを、吟味し解釈を考えることもできます。発行の締め切り時間や情報源も探れるかもしれません。

　これまでの日本の教育では「何を学んだか」が重視されてきました。欧米では「これから何ができるか」を問われます。さまざまな文化?言語からなる社会を発展させるためには、問題点を見つけ、周囲と協力して解決する能力を各自が身につける必要があるのです。そのため自分の意見を述べる訓練が繰り返しなされます。そうした思考や表現

物の身近なお手本が新聞ということになります。

　ネットの普及に伴い新聞を読まない人が増えているようです。しかし、言語力の育成の目的は自分が生きる上での課題を知り、解決に向けて考え、自分の意見を表現できるようになることです。社会的な事象、自然的な事象、数字やグラフ、家庭の暮らし、新聞は、言語力、思考力を高める材料の宝庫です。子どもの近くに新聞を置いておき、家庭でさまざまな会話をしてみてはいかがでしょう。

質問1：中学生の思考力を高めるため、何を読むのを勧めるのでしょうか。
質問2：日本の教育はこれから何を重視すると考えているのでしょうか。
正解：3；3

16番

経営セミナーの講演を聴いてください。

　さて、これまで商談をいかにしてうまく進めるかについて話してきましたが、最後に商談のまとめ方のポイントをお話します。

　商談で話が盛り上がって、これは契約間違いないと思っていたら、先方から「分かりました；それでは少し検討させていただきます」と言われ、契約にこぎつけずに終わっ

たという経験はありませんか。私も若い頃、そんな苦しい経験をしました。もちろん契約内容によっては、1日で結論が出るもの、1ヶ月必要なもの、いろいろあるでしょう。しかし、肝心なのは、結論を出すタイミングを逃さないことです。確かに、せっかくいい営業トークができていたのに、結論を焦って相手の反感を買ったのでは元も子もありません。しかし、否定されることを恐れて、相手のペースでことを運んでいては、出るはずの結論も出ずに終わってしまいます。どちらにしても、しかるべきときに、自信を持って結論を切り出すことが必要なんです。

　そのタイミングをつかむには、場の空気を正確に読み取ることが必要です。先方の話を聞くだけではなく、その話し方、顔の表情、仕草に注意を向けながら、ここで結論に持ち込めると踏んだら、「では、そろそろまとめに入りたいと思います」と臆することなく切り出すことです。

質問1：男はどんな経験があると言いましたか。
質問2：結論を出すタイミングは、どうやったらつかめるといいましたか。
正解：4；1

17番

おなかがすいたときは、お金と交換して食べものを手に入れればいいのです。

　けがをしても自分で治療をするための専門知識がなかったり、薬剤がなくてもお金があればなんとかなります。専門医のところへ行きお金と引き換えに最良の治療法と薬で健康を手に入れることができます。自分の家がほしいなと思ったとき、自分ひとりだけの力ではつくり方がわからず必要な木を切るための力もありません。しかしお金があれば、家と交換することができます。

　建設会社の人の知識や大工さんの労働力などをお金と交換して、大きな家だって手に入れることができるのです。

　世の中にあるほぼすべての物は値段が付けられています。お金さえあれば手に入れることができるようになっているところが、すごいところです。このルールは世界共通です。日本だけでなく、アメリカやフランス、韓国や中国、インドやロシアでもまったく変わりません。お金とは、自分がほしい物を手に入れる「手段」ということをしっかり認識しておくことです。

　たくさんお金をもっているお金持ちは「たくさんの手段持ち」とも言うことができます。

　たくさんのお金をもっていますから、たくさんの願いをお金の力でかなえることができます。

たくさんのお金という手段があれば、自分の力でできないことでも、実現させていくことができるのです。

　物を交換する際に仲介役として用いられる「共通的な価値をもった物」なのです。

　人の心や愛はお金では買えないとは言われていますが、でも実際は一部の例外を除いたほとんどのことが、お金によって手に入れることができてしまうのです。

質問1：お金に関して、もっとも適当な見方はどれでしょうか。
質問2：人の心・愛とお金との関係について、もっとも正しい言い方はどれでしょうか。
正解：4；3

18番

もし自分ひとりの力だけでは無理なら、協力すればいいのです。

　1トンのおもりを人ひとりが持ち上げるのは不可能です。しかし100人の協力があれば、持ち上げることは可能になります。

　時間ではどうでしょうか。1時間かかる作業を30分で終わらせるためには、2人か3人の協力を得られれば、実現できます。

あらためて考えると「本当に不可能なこと」は、世の中にはないように思えます。

　今、私たちが持っている携帯電話も、100年前は「そんなことができるわけない」という笑い話でした。しかし、今、実現しています。私は幼少期、テレビを見て、箱に人が入っているのだと本気で思っていました。しかし実際は、テレビ局から電波を通じて全国へ放送しているのだと、あとから知りました。この仕組みを知ったときには「とんでもない技術だな」と感心したものです。世の中、できないことなどないのです。

　「できないことなどない。そのために工夫や知恵が必要なだけなんだ」という発想に切り替えるのです。

質問１：男の人は世の中のできないことについてどう思っていますか。

質問２：男の人は幼いとき、テレビについてどう思っていましたか。

正解：３；２

19番

迷惑電話も社会人としての対応を心がける。

　「営業の電話」「間違い電話」「いたずら電話」など仕事中には、仕事には関係のない電話がかかってくる場合が

あります。仕事には関係ない電話です。「迷惑電話」と言ってもいいでしょう。しかし、いくら仕事には関係のない電話とはいえ、常にていねいに対応することが大切です。しつこい営業の電話とはいえ、暴言を吐くのは、会社のイメージを下げてしまいかねません。ていねいに断ればいいことです。間違い電話であれば「間違っていますよ」と教えてあげればいいことです。場合によっては、こちらの電話番号と相手のかけた電話番号を確認すると、なお親切でしょう。いたずら電話だからといって、こちらもトゲのある対応をしてはいけません。社内にはほかの人間もいますし、暴言を吐くとほかの社員も驚きます。仕事には関係のない電話の対応も、慣れておくようにしましょう。

質問１：仕事には関係ない電話を何といいますか。
質問２：いたずら電話にも親切に対応する理由について、もっとも正しいのはどれですか。
正解：３；２

答 え

第一章　課題理解

1番	2番	3番	4番	5番	6番	7番	8番	9番	10番
1	4	3	3	1	4	3	4	1	1

11番	12番	13番	14番	15番	16番	17番	18番	19番	20番
4	3	3	3	2	2	1	3	4	4

第二章　ポイント理解

1番	2番	3番	4番	5番	6番	7番	8番	9番	10番
2	1	4	1	4	2	3	3	4	2

11番	12番	13番	14番	15番	16番	17番	18番	19番	20番
1	2	3	1	2	1	2	1	2	2

第三章　概要理解

1番	2番	3番	4番	5番	6番	7番	8番	9番	10番
3	4	4	4	3	4	4	2	4	2

11番	12番	13番	14番	15番	16番	17番	18番	19番	20番
1	4	3	4	3	3	1	4	4	1

21番
2

第四章　即時應答

1番	2番	3番	4番	5番	6番	7番	8番	9番	10番
3	3	2	2	2	2	4	1	2	1

11番	12番	13番	14番	15番	16番	17番	18番	19番	20番
2	4	2	3	2	4	4	4	4	2

21番	22番	23番	24番	25番	26番	27番	28番	29番	30番
3	3	4	2	1	2	3	1	3	3

31番	32番	33番	34番	35番	36番	37番	38番	39番	40番
3	3	3	1	3	3	3	1	2	3

第五章　總合理解

1番	2番	3番	4番	5番	6番	7番	8番	9番	10番
3	1	3	2	4	3；2	4；4	1；2	4；3	1；3

11番	12番	13番	14番	15番	16番	17番	18番	19番
2；4	2；1	2；3	3；3	3；3	4；1	4；3	3；2	3；2

歡迎至本公司購買書籍

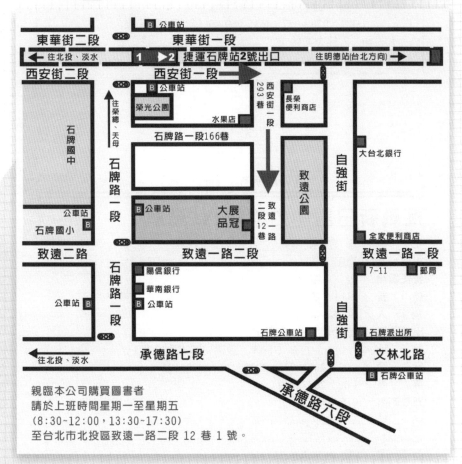

親臨本公司購買圖書者
請於上班時間星期一至星期五
(8：30~12：00，13：30~17：30)
至台北市北投區致遠一路二段 12 巷 1 號。

建議路線
 1.搭乘捷運．公車
　　淡水線石牌站下車，由石牌捷運站２號出口出站(出站後靠右邊)，沿著捷運高架往台北方向走(往明德站方向)，其街名為西安街，約走100公尺(勿超過紅綠燈)，由西安街一段293巷進來(巷口有一公車站牌，站名為自強街口)，本公司位於致遠公園對面。搭公車者請於石牌站(石牌派出所)下車，走進自強街，遇致遠路口左轉，右手邊第一條巷子即為本社位置。

 2.自行開車或騎車
　　由承德路接石牌路，看到陽信銀行右轉，此條即為致遠一路二段，在遇到自強街(紅綠燈)前的巷子(致遠公園)左轉，即可看到本公司招牌。

國家圖書館出版品預行編目資料

挑戰新日語能力考試 N1聽解／李宜冰 主編 恩田 滿 主審
——初版，——臺北市，大展，2013〔民102.09〕
面；21公分 ——（日語加油站；4）
ISBN 978－957－468－969－9（平裝；附光碟片）

1.日語 2.能力測驗

803.189 102013383

挑戰新日語能力考試N1聽解

主　　編／李 宜 冰
主　　審／恩 田　滿
責任編輯／張　　雯
錄　　音／奧村 望　河 角靜　齊藤郁惠　楠瀨康仁
發 行 人／蔡 森 明
出 版 者／大展出版社有限公司
社　　址／台北市北投區（石牌）致遠一路2段12巷1號
電　　話／（02）28236031‧28236033‧28233123
傳　　眞／（02）28272069
郵政劃撥／01669551
網　　址／www.dah－jaan.com.tw
E－mail／service@dah－jaan.com.tw
登 記 證／局版臺業字第2171號
承 印 者／傳興印刷有限公司
裝　　訂／承安裝訂有限公司
排 版 者／弘益電腦排版有限公司
授 權 者／安徽科學技術出版社
初版1刷／2013年（民102年）9月

定　價／220元

大展好書　好書大展
品嘗好書　冠群可期